btb

Buch

Diese ganz besondere Anthologie vereint eine Sammlung so erotischer wie poetischer Kleinode. Autoren wie Benn, Schwitters und Co. offenbaren uns ihre erotischen Phantasien. In diesem Bändchen, das von Hartmut Geerken kenntnisreich zusammengestellt wurde, zeigt sich: Bei den Expressionisten ging es auch schon mal handfester zur Sache. So liegt der Einteilung des Buches nach Körperteilen und Perversionen durchaus ein tieferer Sinn zu Grunde.

Autor

Hartmut Geerken ist Autor, Filmemacher, Musiker, Komponist und Herausgeber. Er ist Sammler und Archäologe von Literatur aus dem Umfeld Expressionismus und Dada und wurde bereits mit zahlreichen Literaturpreisen ausgezeichnet. Nach längeren Aufenthalten in Istanbul, Kairo, Kabul und Athen lebt er nun seit 20 Jahren am Ammersee.

Hartmuth Geerken (Hg.)

Dich süße Sau nenn ich die Pest von Schmargendorf

Erotische Gedichte des Expressionismus

btb

FSC
Mixed Sources
Product group from well-managed forests and other controlled sources

Cert no. GFA-COC-1223
www.fsc.org
© 1996 Forest Stewardship Council

Verlagsgruppe Random House FSC-DEU-0100
Das FSC-zertifizierte Papier Munken Print für dieses Buch aus dem btb Verlag liefert Arctic Paper Munkedals AB, Schweden.

1. Auflage
Genehmigte Ausgabe Mai 2006,
btb Verlag in der Verlagsgruppe Random House GmbH, München

Quellenhinweise am Schluss des Bandes
Umschlaggestaltung: Design Team München
Umschlagbild: Artothek (Egon Schiele: Wally in roter Bluse)
Druck und Einband: Clausen & Bosse, Leck
SR · Herstellung: AW
Printed in Germany
ISBN-10: 3-442-73527-0
ISBN-13: 978-3-442-73527-3

www.btb-verlag.de

Inhalt

haut ästhetik & emotionaler lärm

… & sind auch dann nur körper
wenn aus ihrem lächerlichen
schlunde seelenlaute zu dringen
scheinen

mynona

dieser kleine ungestüme spermato-
zoid & das offene archegonium
ist das was wir liebe nennen.

sack

mit der kraft seiner schenkel –
nicht mit der kraft seines gehirns
soll der mann lieben. das gehirn
ist zum lieben viel zu schade.

scheerbart

he'll set his fire 'cause
he's a satisfier …

the nebraska beach boys

1

ein kleiner grasgrüner frosch mit einer knallroten badehose sitzt an einem ententeich & ruft wild gestikulierend ich bin ein schwan ich bin ein schwan ich bin ein schwan ich bin ein schwan ich bin ein schwan …

2

die geilheit lebt innerhalb eines horizontes von möglichkeiten der sich im aneinander denken in der fantasie & im bewußtsein der gegenseitigen körperlichen präsenz manifestiert. sie wird auch oder vor allem (je nachdem) in dem gegenseitigen aufeinander liegen des weiblichen & des männlichen körpers deutlich.

hier zeigt sich aber zugleich daß leiblichkeit nicht nur gegenwärtigkeit & aktualität ist sondern auch ein angelegtsein fürs aneinander denken & fürs gedachte aufeinander liegen. auch im bloßen herbeisehnen & wünschen einer körperlichen begegnung etwa in einem gedicht zeigen sich fantasie & denken als horizont der leiblichkeit. die phänomenbereiche des trieblebens der fantasie des gefühls & denkens der geilheiten & affekte sind körperlich nicht nur im sinne der abhängigkeit von physiologischen vorgängen sondern in dem sinne daß sie ein horizont unserer körperlichen präsenz auf der welt sind. sinnliches bewußtsein ist so gesehen ein horizont der leiblichkeit & die erfüllung der präsenz des körpers in der welt. sie erscheint ihm in der sinneswahrnehmung in ihrer farbigkeit ihrem stöhnen ihrem geruch in den achseln & am sack & ihrem fummeln wo auch immer. durch die sinnliche wirklichkeit wird der horizont unserer existenz grenzenlos erweitert.

3

chabel: … ich weiß nicht … chawa!/chawa! mir ist … ich möchte dir etwas tun …!

chawa: alles!

chabel: mir ist … mir ist … als wüchse aus meines lebens letzten gründen eine heilig wilde rote riesen opferflamme … & sie lodert über mich … über dich … über uns alle … & über die ganze welt!

chawa: (schlägt in hingebung die hände vors gesicht)

chabel: das … leben!

(sie stürzen in wilde umarmung)[1]

4

ein gewisser herr lehmann[2] sagte in den zwanziger jahren des vergangenen jahrhunderts folgende drei sätze erstens es ist doch herrlich mit seinem gegenüber geradewegs die gattung zu repräsentieren zweitens die liebe deckt garnichts auf als ein zuckendes häßliches blutiges herz & drittens & was er an dem weibe verbrochen hat das bittet er ihm ab als erotiker. & herr sack[3] fügt hinzu die zweite fiel am nachmittag beim tanz ihre brüste hüpften wie ein paar melonen da führte ich sie ins korn. solche erotikmodelle dienen immer der deduktion von voraussagen. die genauigkeit der erzielten voraussagen ist oftmals verblüffend groß. vorausgesagt werden wahrscheinlichkeitsverteilungen bestimmter sexueller reaktionen nicht aber die reaktionen einer bestimmten person. deshalb sind solche modelle nutzlos für eingeschrumpfte vertrocknete für schreibtischtäter polizisten & für landläufige goetheversessene.

5

die konnotation ist die bedeutung die neben der denotation beim hören oder sprechen oder schreiben des lyrischen wortes mit anklingt. die konnotative bedeutung von detonation wäre also etwa in dem satz zu finden er sah ihre sanft schaukelnden arschbacken. auch auf das wort mond träfe dieser satz zu. doch es hieße eine sprache überinterpretieren wenn man traditionelle determinationen wie derartige geschlechtszugehörigkeiten mit psychologischen erlebnissen gleichsetzen würde. daß etwa rilke derartige erlebnisse hatte tut hier nichts zur sache.

6

die situation in der überhaupt moralische reflexionen über sex eintreten können ist immer eine ausnahmesituation. man pflegt gesichtspunkte zu erörtern von denen aus eine scheidung des akzeptablen vom abzulehnenden unter umständen möglich ist. die eminent moralische oberflächenordnung der christlich-antisinnlichen welt tritt aber nicht darin in erscheinung daß jeder seinen orgasmus egozentrisch genießen muß. jede reflexion stört das wohlsein & noch nie hat wollust sich in erkenntnis umgesetzt. höchstens in lyrik. der ewige morast-moralist pflegt auch zu sagen es gibt nur die platonische liebe & was sonst noch liebe genannt wird gehört in das reich der säue. ja dann (könnte man daraus folgern) wäre schmargendorf mit recht der nabel der welt. beziehung leistung rechtfertigung revolution ursache verhalten & anderes.

7

der mond ist aufgegangen/ich bin es leider nicht/ die gold'nen sternlein prangen/ich hab' zur zeit kein licht/ /ich bin ganz ausgepustet/& dämmere dahin .../du hast mich angehustet/jetzt brauch' ich medizin/ /reich mir das ysopschwämmchen/hinauf zum kruzifix/mein haar taugt selbst mit kämmchen/ im augenblicke nix/ /der mond ist aufgegangen/ich sehe seinen leib/die gold'nen sternlein prangen .../ für mich kein zeitvertreib.[4] für solche schätze müssen die leser alle ehrfurcht & bescheidenheit ablegen die sie der welt des menschen & der lebewesen überhaupt vielleicht entgegenbrachten. dafür müssen sie alle reichtümer an fantasie & beobachtungsgabe hergeben über die sie zur erfahrung unserer komplizierten geschlechtsspezifischen welt vielleicht verfügten. sie müssen schließlich alle einmal vorhandenen fähigkeiten opfern um vielleicht eigene erfahrungen zu machen oder sich vielleicht die erfahrungen anderer anzueignen falls dies überhaupt möglich ist. kritik skepsis toleranz unbefangenheit sprache verfahrensweise & vielleicht anderes.

8

durch zufall hatte ich die etwas üppige aber trotzdem bildschöne vielleicht fünfunddreißigjährige dame auf dem hauptbahnhof kennengelernt. ihre art mit wiegenden hüften zu gehen & wie sie dann beim sitzen ihre hohen schlanken beine mit den schenkellangen gelben stiefeln übereinander schlug machte sie erregend interessant. ihre herabfallende handtasche gab mir gelegenheit sie anzusprechen & ohne viel umstände zu machen ließ sie sich auch zu einem glas wein einladen. schon nach wenigen minuten wußte ich daß sie angeblich ihren zug verpaßt hatte. für mich war das die chance. ich bot ihr an sie mit dem wagen zu fahren & als sie dann neben mir saß ohne den beim einsteigen weit zurückgeglittenen rock wieder herunterzuziehen da glaubte ich zu wissen daß ich …[5]

9

immer noch spürt man bei elisabeth dauthendey[6] eine gewisse freude an der eigenen kühnheit wenn sie erotik schildert. aber man muß feststellen daß bei aller realistischen deutlichkeit in dem dirnenroman von ernst weiß[7] selbst das heikelste mit reifem ernst

& kühler weisheit überwunden wird was manchmal ja auch richtig ist. seine sichere witterung findet die unterströmungen des bewußtseins ergreift nur-geahntes entdeckt das flüssig-gleitende. bis hin zu den apokalyptischen liebesromanen von kafka musil & broch & der sogenannten anarchie der triebe.[8]

10

das pantoffeltierchen ein repräsentabler vertreter der wimperninfusorien das sich ungefähr zweimal innerhalb 24 stunden beim temperaturoptimum zu teilen & fortzupflanzen vermag geht urplötzlich in die sogenannte konjugationsperiode über. wir sehen wie die tiere aneinandergepreßt ihren kerninhalt austauschen um dann äußerlich dieselben wie zuvor in ihrer alten teilungsmanie fortzufahren. was während der konjugationsperiode stattfand wissen wir morphologisch dank mikroskop & experiment genau. allein den zweck den die natur mit dieser erscheinung verbindet können wir nicht einfach ablesen sondern müssen ihn hineinlegen. & deshalb argumentiere ich folgendermaßen bei steigender organisationshöhe nimmt die differenziertheit der organe zu. auf den menschen übertragen hieße das daß sich die menschliche gattung durch austausch von individualsubstanzen von denen eine das gedicht ist am leben hält.

11

nun aber im expressionismus. nimmt man ein zeichen als expression so wird damit ein schluß vollzogen (z.b. bei lichtenstein). weil man einen zusammenhang kennt oder vermutet schließt man vom auftreten des phänomens auf etwas damit zusammenhängendes was nicht direkt erkennbar ist (z.b. bei benn) etwa vom auftreten starker intensitätsschwankungen der stimme (z.b. bei blümner/rubiner/behrens) auf die erregtheit des sprechers. die geröteten wangen hängen mit dem fieber zusammen aber die fieberkurve (das gedicht) ist nicht vom fieber auf das papier gemalt sondern sie repräsentiert bestimmte abstrakte momente des fieberverlaufs. in dieser für den autor gültigen zuordnungsform hat dieser bewußt eine kabarettistische distanz (emotional & sprachlich) zum körperlichen eingenommen. im falle der süßen sau von schmargendorf zeigt sich auch erotik nicht so sehr aus der sicht der frau sondern aus der des mannes (der den weibern manchmal was reinstößt). das sind also keine herzergreifenden liebesgedichte sondern vielmehr busenergreifende. der schmargendorfstil ist immer distanziert cool voller diskontinuität verfremdend & männlich emanzipiert. fast nie sind die gedichte an die geliebte gerichtet sondern an die handfeste nutte. bei ihr hat man(n) den mut das richtige wort zu finden. & zu stöhnen. wie auch tiere ausdrucksbewegungen & ausdruckslaute haben die aus emotionalen gründen oder an bestimmten stellen von instinkthandlungen auftreten. herder hat (1772) kurz & bündig dazu gesagt aus diesen tönen der empfindung werde nur dann sprache wenn ein verstand dazu kommt diesen ton mit absicht zu brauchen. die äußere ähnlichkeit von menschlicher & tierischer sprache bezieht sich demnach auf die bloße lauterscheinung nicht aber auf den vom sprachbedürfnis ausgehenden & von dem inneren sprachsinn bestimmten spezifischen sprachlaut.[9] etwa so – ah – ca – ciel – ah tue moi – ah – – je meurs.[10]

12

vor mir steh'n zwei spiegeleier/in des speckes lauge/& ich sehe still sie an/mit der sehnsucht auge/ /august kommt in meine sinne/der sie oft bestellte/& durch ihre schöne kraft/hinterher mich fällte.[11]

13

symptomatisch für die schmargendorfer großstadtlyrik ist das abtragen des sexuellen unvermögens in der sprache mit gleichzeitiger befreiung (befriedigung) der sinne (des sinnlichen). charakteristisch ist eine durchgehende diskontinuität wie man sie aus volksliteraturen kennt (blues landai rebetika). stadlers semiramis[12] ist also kein typisches schmargendorf gedicht sondern ist den expressionistisch-schwülstigen mit dem nicht enden wollenden roten faden zuzurechnen die hier aus guten gründen nicht aufgenommen werden. in schmargendorf ist selten das ganze gedicht auf das vor- haupt & nachspiel bezogen. brüste ejakulat & schenkel findet man vielmehr in einer umgebung von stadt tod & zirkus.

14

die gängige zerreißung des herzens kann in dessen bürgerlichem zustande niemals in dessen poetischem zustande nur dann erfolgen wenn die muskelfasern ihre elastizität eingebüßt haben. herzverfettung hervorgerufen durch mangelnde befriedigung bildet ein hervorragendes ursächliches moment der zerreißung.

in der regel fällt der in der rede stehende dichter entseelt um oder man findet ihn eines schönen morgens tot im bette. gegen eine solche ruptur des herzens hilft nur der expressionistische lärm der in schmargendorf auch pornografisch sein darf. dieser lärm besteht vor allem in einer erhöhung der intensität. die sprache wird also in einer expressionistischen anwandlung das heißt unter zusatz von emotionalem lärm komprimiert. die syntax kann dabei umgekehrt proportional zerbröckeln (behrens). das resultat ist insofern außerordentlich interessant als lärm den autor veranlaßt eine art von dichtung zu produzieren die unter lärm besser verständlich ist als die ohne lärm.

15

in anderen fällen wiederum empfindet der unbefriedigte dichter plötzlich einen heftigen schmerz in der herzgegend leidet an unsäglicher[13] angst & klagt darüber daß ihm im herzen etwas zerrissen sei. das gesicht ist verzerrt & bleich & unrasiert. die haut der gesamten körperoberfläche blaß kalt & mit klebrigem schweiße bedeckt. der puls klein weich & schnell. unter ohnmacht bewußtlosigkeit & krämpfen erfolgt dann der tod des dichters in der regel schon nach wenigen stunden noch bevor er einen guten schluß für sein gedicht gefunden hat. eine behandlung zwecks überführung des zustandes in genesung hat keinen erfolg mehr. auch aus solcher endstimmung entstandene expressionistische verklemmte liebe/todprodukte sind hier kaum enthalten. so sind fast alle gedichte mit dem schwanz geschrieben zum gelegentlichen erröten der sich kulturell verantwortlich wähnenden pagenköpfchen. daß die sprache den dichter anzieht ist klar, daß die sprache den dichter auszieht ...

16

wir hören etwa objektiv seien nur wellen & vibrationen. die welt an sich sei farblos & lichtlos. aber nein! es ist ganz anders. bis zum dreizehnten lebensjahr etwa übertreffen die mädchen die knaben in der absoluten durchschnittlichen handbreite.

17

was soll dieser zeitgenössische scheiß von 1913 wo einer über herrn meyer schreibt dinge wie dieses hymen mögen gut sein um dem komfort einer liebesbeziehung zu dienen & darin verbraucht zu werden. dann sind sie vielleicht nicht häßlich & immer unantastbar. aber die dürfen nicht ihre häuslich naive prätention ihre bourgeoise breitlebigkeit hinaustragen wo die zeit herrscht. sie schädigen nur die subtiler formenden mit denen sie die masse identifizieren.[14]

18

der lautensack dagegen: & am ende von monden & monden: was aber ist an diesem vorläufigen ende? ist an diesem – vorläufigen! – ende nicht das hymen auf irgendeine mystische art vielmehr beim ... beim ... (oh! ich werd's schon noch aus der feder kriegen!) – vielmehr beim mann?! ich meine: so wie der vater nun auf den sohn hinschaut. so wie der erzeuger zum geborenen spricht. das scheint mir jedenfalls das wertvollste am buch als ganzes dieses zwischenden-zeilen-zu-lesende: wie der mann von dreißig jahren ein neues leben lebt dumpf zuvor & aufblühend hernach & aber stets parallel dem kindes-erwachen dem worte-erlernen dem schritte-üben. & wie den mann – nun darf ich's noch einmal sagen – & vielleicht geschah's vorhin zu früh! – wie den mann dem weibe & der mutter gegenüber ein anderes hymen ankommt: oh! bei der studierlampe! oh! auf ausflügen! oh! bei sonstiger erholung! & sonst im beruf! & vielleicht auch so weit wie bis weit weit nach paris! – doch wie soll ich hier etwas ausdrücken können was dort zwischen den zeilen steht?[15]

19

gene: the shower & let the cascading water roar over
marsha: close to fainting
gene: back & her nails began to claw frantically she
marsha: they are satisfied they don't need to go on
to meet
gene: to fuck & get paid for it i've been screwing
marsha: milking his seed right out through his tubes
gene: his long thick cock resting between her boobies
marsha: implies we understand voyeurism to mean sex
gene: pleasure pain of the whole thing
marsha: then she let her mouth move faster & faster
gene: talking is getting me hot
marsha: girl's juicy cunt but it didn't last long a
gene: made me feel like i belonged to someone who
marsha: which tender places of my cunt to touch to
make
(etc)[16]

20
nur frühaufsteher sehen einen steinbock wie er dasteht. wie er schwankt & oszilliert wie jeder lyriker zwischen dem mann & der frau in ihm hin & her.

21
man kann keinen menschen lieben den man ganz erkannt hat weil man dann gewiß auch die unvollkommenheiten sehen müßte die ihm als menschen notwendig anhaften. liebe aber nur auf vollkommenes geht. liebe zu einem weibe ist daher nur möglich wenn sich diese liebe um die wirklichen eigenschaften die eigenen wünsche & interessen der geliebten soweit sie der lokalisation höherer werte in ihrer person zuwiderlaufen nicht bekümmert sondern in schrankenloser willkür an die stelle der psychischen realität des geliebten wesens eine ganz andere realität setzt.[17]

22
drei frösche unterhalten sich. ich möchte ein schwan sein. wieso möchtest du ein schwan sein? dann könnt ich fliegen. & ich möchte zwei schwäne sein. wieso denn das? dann könnt ich hinter mir herfliegen. & ich möchte drei schwäne sein. na sach mal wieso denn drei? dann könnt ich zuschaun wie ich hinter mir herfliege.

23
die höhere erotik aber verlangt von der frau schonungslos daß sie das männliche adorationsbedürfnis befriedige & sich möglichst anstandslos lieben lasse damit der liebende in ihr sein ideal von sich verwirk-

licht sehen könne. die gemeine sexualität aber sieht in der frau eine onaniervorlage oder eine kindergebärerin & man kann gegen die frau nicht niedriger sein als wenn man ihr ihre unfruchtbarkeit vorhält. geschehen beziehung bereitschaft becken freiheit sprache bild dasein realität spannung unabhängigkeit welt wirklichkeit & anderes.

24

... da kommt ein großer alter nackter frosch & sagt zu dem kleinen grasgrünen mit der knallroten badehose du hast ja einen knall du bist doch kein schwan du bist ein stinknormaler frosch. aber der kleine unbeirrt & wild gestikulierend ich bin ein schwan ich bin ein schwan ich bin ein schwan ich bin ein schwan ich bin ein schwan der alte hör doch auf du idiot ein frosch bist du & kein schwan. da öffnet der kleine den bund seiner knallroten badehose & läßt den alten vorn einen blick hineinwerfen. da sagt der alte mein lieber schwan.

hartmut geerken

anmerkungen

1 otto borngräber, die ersten menschen. erotisches mysterium, berlin 1908
2 gerhard lehmann, eros im modernen denken, stuttgart/heilbronn 1923
3 gustav sack, ein verbummelter student, berlin 1917
4 julie schrader, über den sternen da wehen die palmen ..., münchen 1980
5 werner rolfs, die schöne fremde in: wunderhorn, frankfurt am main 1970
6 elisabeth dauthendey, erotische novellen, 1919
7 ernst weiß, tiere in ketten, berlin 1919
8 wolfgang rothe, die anarchie der triebe, rundfunkmanuskript swf, 2. 4. 1962
9 g. révész, ursprung & vorgeschichte der sprache, bern 1946
10 hans von b—r, james grunert, berlin 1908
11 julie schrader, ebd.
12 die aktion 1915, sp. 502
13 rilke!
14 walter graeser, dichter-verleger [über alfred richard meyer], in: die aktion 1913, sp. 438
15 heinrich lautensack, alfred richard meyer, das buch hymen, in: die bücherei maiandros, 3. buch, 1. febr. 1913, beiblatt s. 2
16 hartmut geerken, flights over jupiter, 1980 (unveröffentlicht)
17 otto weininger, geschlecht & charakter, wien/leipzig 1923

zur erweiterten neuausgabe

zu den 200 gedichten der ausgabe von 1985 sind 28 neue hinzugekommen die unter die bereits vorhandenen liebesspielkategorien subsumiert wurden.

wieder können wir feststellen daß die autoren des expressionismus mit lustvoller unachtsamkeit ihre wörter auf die seiten des papiers ausschütten. lustige ejakulate & ernste glückliche & verzweifelte. manche gar mit tödlichem ausgang.

eine dichterin hätte hinzukommen sollen. die größte des 20. jahrhunderts: else lasker-schüler. sie hätte sich in der männergesellschaft dieser anthologie sicherlich wohlgefühlt. doch leider ist es verlag & herausgeber (der mitglied der else-lasker-schüler-gesellschaft ist) nicht gelungen vom suhrkamp verlag die abdruckrechte zu erwerben. die publikation von zehn lasker-schüler-gedichten wurde mit der begründung verhindert man könne es nicht verantworten else lasker-schüler in der thematik dieser anthologie zu sehen. ein weiterer kommentar erübrigt sich. nachfolgend die vielsagenden titel der gedichte von else lasker-schüler die für diese anthologie vorgesehen waren: *trieb, giselheer dem tiger, eros, sinnenrausch, groteske, meine schamröte, ich wollte wir lägen an einer bucht, verwelkte myrten, karma & es ist in meinem herzen tief & still* (bisher unveröffentlicht).

hartmut geerken

Dem Manne rutscht das Auge hin und her

> Du sandtest ihr Blicke
> erotisch-erratisch
> exotisch-ekstatisch
> *Firn*

Jakob van Hoddis

Die Tänzerin

Wie mich die zärtlichen Gelenke rühren,
Dein magrer Nacken, deiner Kniee Biegen!
Ich zürne fast. Werde ich dir erliegen?
Wirst du zu jenem Traum zurück mich führen,

Den ich als Knabe liebend mir erbaute
Aus süßen Versen und dem Spiel der schönen
Schauspielerinnen, linden Geigentönen
Und Idealen, die ich klaute?

Ach! Keine fand ich jenem Traume gleich,
Ich mußte weinend Weib um Weib vermeiden,
Ich war verbannt zu unermessnen Leiden,
Und hasse jenen Traum. Ich spähe bleich,

Und sorgsam späh ich, wie dein Leib sich wende,
Nach jeder Fehle, die im Tanz du zeigst,
Ich bin dir dankbar, da du doch am Ende
Mit einem blöden Lächeln dich verneigst.

Nachtcafé III

Ein Medaillon des Mittelstandes staunt
von Fett umträumt das Kinn: da bist du ja.
Dem Manne rutscht das Auge hin und her.

Ein Schnäuzchen schmiert ein Lachen in die Luft:
Ick habe schon gehabt. Ob du noch kommst,
ich kann mir doch mein Brot mit Schinken kofen.

Besambar sitzt an jedem Tisch mit Federn
am Hut und stellt das Bein, saugt die Hüften
Samenschwers immer heißer in den Schoß.

Ein Lied wölbt eine Kuppel in die Decke
aus Glas: Die kalte Nacht verwölkt die Sterne.
Der Mond verirrt sein Gold in diesen Gram.

Ernst Wilhelm Lotz

Meine Arme breiten sich,
Meine Pupillen weiten sich:
Die Liebe hat mich heut Nacht
Mit pulsenden Fingern berührt,
Da bin ich aufgewacht
Und habe allen Zauber der Liebe gespürt.

Ludwig Bäumer

Maharone

Sie wollen nichts, als über ihren Neid
Einmal so johlen können, wie er sie zerquält,
So kriecht ihr Blick hinter dein buntes Kleid,
Bis er sich matt zu deinen Brüsten schält.

Du tanzt … Sie sehen deine nackten Beine singen,
Ein Lied, das ihre Geilheit längst bespie,
Du aber schaukelst dich in deinen Ringen
Und träumst den Rhythmus deiner herben Knie …

Mynona

Banalewitsch Kitschinek Trivialinski
Sitzt im Café, die Nase hochgereckt.
Die Muse hält sich gut vor ihm versteckt,
Doch denkt er bei sich, es sei Fräulein Rindski.

Er eilt ihr nach; ihr Schuhband hängt, und ins Knie
Sinkt er und nestelt's wieder. Schwer bedreckt,
Erhebt er sich, so daß sie toll ihn neckt. –
„Ich liebe Sie! Ich bin verliebt! Ich bin's, Sie!"

Schreit er sie an und ächzt wie traumverloren.
Das wirkt, sie horcht rasch auf, sie lächelt sonnig,
Sie reagiert auf Kitschineks Pathetik.

In beiden ist 'ne Schwüle aufgegoren,
Die rieselt durch die Unterleiber wonnig;
Doch hält der Oberleib auf keusche Ethik.

Hermann Plagge

Waldsonett

Mein Blut rinnt leise wie durch Blattgerank
Im Tau der Sonne helles Chlorophyll,
Du sommersprossig Mädchen – sei Asyl
All meiner Unrast – perlenkühler Trank

Wickle mich nah in Deine Arme ein.
Streichle mein Haar wie man bei Kindern tut.
Laß deiner Hände seidig weiches Gut
An meinen Schläfen – ich will stille sein.

Der braune Waldmüll klebt sich in dein Haar.
Ameisen kribbeln um dich: die berauscht
Dein Duft, der süß aus Sommerkleidern dringt.

In deinen Augen flimmern Rätsel – lauscht
Ein Eidechspaar, das sich verstrickt und sinkt
Wie meine Wünsche in dich ganz und gar.

Diese ruhigen Nächte …

Diese ruhigen Nächte werden nicht wiederkommen,
Wo Laternen heiter geschienen haben,
Und daß unsre Stimmen wie die Stimmen von
spielenden Knaben
Verklangen, entlief und ist jetzt schmerzlich
verschwommen
…
Kaum zu glauben.

Was ich mich heute fast auszusprechen scheue,
Ist: daß ich schlief. Nie ist mir bewußt gewesen,
Wie du wie ein Flieder triebest in mein Wesen,
Heut fühl ich meine heißen Blicke lesen
In deiner lichten Haut, du Abendbläue!

In einer Qual, die geil und steinig blüht,
Treib ich umher in verwirbelt staubigem Grau.
Und war doch einst manchen Abend wie Tau
Und Straßenecke, mädchenübersprüht.

Edgar Firn

Gedankenlos – Gedankenvoll

Du fuhrst mit der schön Melusin' Limousine.
Sie kleidet sich reichlich opalisch-apulisch
(Sie hatte noch aus der Touraine Routine …).
Du saßest daneben, carolisch-curulisch,
  aeolisch-iulisch.

Ihr konversiertet … atypisch-utopisch.
Sie flüsterte leise, ästhetisch-astatisch,
von Smyrna und Rom, von Pikosch und Kopisch.
Du sandtest ihr Blicke erotisch-erratisch,
  exotisch-ekstatisch

Sie flüstert monodisch-monadisch-mänadisch,
und manchmal erregter, historisch hysterisch,
dann wieder eindringlich, druidisch-dryadisch.
Du wurdest nur selten kalorisch-cholerisch,
  masurisch-sumerisch.

Bald wurde sie mystisch: medusisch-mudesisch,
bald starr und fast wie Taka Cohn katatonisch,
bald wieder erwachend, aphysisch-ephesisch …
Du lächeltest nur uranisch-ironisch,
  armenisch-harmonisch.

Und ihr Problem: wie identisch-vêdantisch,
gar mythisch verbrämt, mithridatisch-tiradisch;
verwandelt geschickt Viscontisch, was Kantisch.
Du würztest Harun-al-Raschidisch-charadisch
parodisch-sporadisch.

Und abends: im Zimmer ein Fetisch. Beim Tee Fisch …
Da wurde sie geradezu pestisch und septisch.
Versöhn' euch der prächt'ge ephesische Seefisch! –
Du liebtest die Dame aspektisch und skeptisch
so skeptrisch und spektrisch!

Alfred Lichtenstein

Der Fall in den Fluß

Lene Levi lief besoffen
Nächtlich in den Nebenstraßen
Hin und wieder „Auto“ brüllend.

Ihre Bluse war geöffnet,
Daß man ihre feine, freche
Unterwäsche und das Fleisch sah.

Sieben geile Männlein rannten
Hinter Lene Levi her.

Sieben geile Männlein trachten
Lene Levi nach dem Leibe,
Überlegend, was das kostet.

Sieben, sonst sehr ernste Männer
Haben Kind und Kunst vergessen,
Wissenschaft und die Fabrik.

Und sie rannten wie besessen
Hinter Lene Levi her.

Lene Levi blieb auf einer
Brücke stehen, atemschöpfend,
Und sie hob die wirren blauen

Säuferblicke in die weiten
Süßen Dunkelheiten über
Den Laternen und den Häusern.

Sieben geile Männlein aber
Fielen Lenen in die Augen.

Sieben geile Männlein suchten
Lene Levis Herz zu rühren.
Lene Levi blieb unnahbar.

Plötzlich springt sie aufs Geländer,
Dreht der Welt die letzte Nase,
Jauchzend plumpst sie in den Fluß.

Sieben bleiche Männlein rannten,
Was sie konnten, aus der Gegend.

PAUL BOLDT

Erwachsene Mädchen

Wer weiß seit Fragonard noch, was es heiße,
Zwei stracke Beine haben in dem Kleide;
Roben gefüllt von Fleisch, als ob die Seide
In jeder Falte mit dem Körper kreiße.

Aus dem Korsage fahren eure Hüften
Wie Bügeleisen in den Stoff der Röcke,
Darauf wie Bienen auf die Bienenstöcke
Unsere Blicke kriechen aus den Lüften.

Ihr jugendlichen Sonnen! Fleischern Licht!
Wir haben den Ehrgeiz der Allegorien
Und hübschen Dinge im Gedicht.

Ich will mit eurer Bettwärme Blumen ziehn!
Und einen kleinen Mond aus dem Urin,
Der sternenhell aus eurem Blute bricht!

Friedrich Wilhelm Wagner

Dein Blick war voll Erwarten
Und heißer versteckter Gier.
Du standest wie ein Raubtier
Zum Sprung bereit vor mir.

Ich sah dir kalt in die Augen
Und sagte nicht mehr ein Wort
Und wandte dir lächelnd den Rücken
Und ging ganz langsam fort.

Peter Bauer

Frühling

Himmlische Scheinwerfer hüllen die Stadt in Blau.
Gierig wuchert Grün. In gelben Mützen
springen Primeln. Tümpel und Wiesenpfützen
schleimen Froschlaich. Drauf brütet die Sonnenfrau.

Knallrot in offenen Fenstern dünsten Bett-
kissen. – Einmal im Jahre freut sich der Plunder. –
Hecken und Beeten entblühen täglich Wunder.

Mädchen knospen auf. Schwermütig-froh.
Brüste quillen: Doldenschwerer Flieder.
Männerblick rankt sich um ihre Glieder.
Und nachts küßt jede ihren Romeo.

He, Gigi! –

Und lächeln,
daß man sie nach Haus begleite
Eisenlohr

Den Ton. Den Duft. Das Lächeln.
Meyer

IWAN LASSANG

Klementine

Schon wenn du die steile
Treppe betrittst,
Hebt sich mein hohes Haus und blitzt
Hell über die Häuserzeile,
Und ist mit Himmel so gefüllt
Und schwillt
Und löst sich brausend vom Boulevard
Wie ein Luftschiff, das seine Seile
Zerriß. –
Und unsere Mansardenkammer
Treibt dann über Dächern und Schloten,
Einzige Flamme
In der Stadt der Toten
Und der Finsternis.

Heinrich Nowak

Mondanité

Der kleine Saal ist nicht zu hell beleuchtet –
An einem Tische sitzt ein edles Paar.
Hell goldig glänzt ihr schön gewelltes Haar;
Rot sind die Lippen, die die Zunge feuchtet.

Sein schwarzer Scheitel zieht sich schnurgerade
Und setzt sich fort in straffen Hosenfalten.
Die braunen Augen sind sehr streng gehalten;
Um seine Lippen ziehn sich Wollustpfade.

Die Kellner eilen diskret wie Kavaliere;
Nur selten merkt man sie bei ihrem Lauf –.
Nun beugt sich einer zu dem schönen Tiere;

‚Fromage?' und blickt ihr tief ins Décolleté –
Sie schlägt madonnenhaft die Augen auf
Und flüstert lächelnd: ‚oui garçon, Gervais –'

WILLY KÜSTERS

Abends

Zu dritt durchwandeln wir die dunklen Laubengänge,
In denen Gladys goldne Ohrgehänge
Mir Löcher in mein Denken brennen. –
Weit vorne ist das Feuerwerk und große Schlachten-
  potpourri –
Wohl mancher möcht' vor so viel Schönheit sterben!
Mir singt ein Märchen Gladys rundes Knie,
Ich spiele kühn mit ihren bunten Ehescherben.

Friedrich Eisenlohr

Boulevard

Ein schlankes Auto überholt die dunklen
Knatternden Reihen enggepreßter Wagen.
Aus bunten, schwankenden Federnhüten ragen
Zylinder auf. Und Lichtreklamen funkeln.

Plakate prunken rot auf hohen Masten,
Die Neger durch die Menge balancieren.
Ein Affe tanzt kokett auf allen Vieren
Vor Camelots, die irr vorüberhasten.

Gemalte Frauen stelzen leicht und chic,
Und lächeln, daß man sie nach Haus begleite.
Ganz starke Düfte weh'n um ihre Seide
Und Takte jäh auftaumelnder Musik.

Jakob van Hoddis

Kinematograph

Der Saal wird dunkel. Und wir sehn die Schnellen
Der Ganga, Palmen, Tempel auch des Brahma,
Ein lautlos tobendes Familiendrama
Mit Lebemännern dann und Maskenbällen.

Man zückt Revolver. Eifersucht wird rege,
Herr Piefke duelliert sich ohne Kopf.
Dann zeigt man uns mit Kiepe und mit Kropf
Die Älplerin auf mächtig steilem Wege.

Es zieht ihr Pfad sich bald durch Lärchenfelder,
Bald krümmt er sich und dräuend steigt die schiefe
Felswand empor. Die Aussicht in der Tiefe
Beleben Kühe und Kartoffelfelder.

Und in den dunklen Raum – mir ins Gesicht –
Flirrt das hinein, entsetzlich! nach der Reihe!
Die Bogenlampe zischt zum Schluß nach Licht –
Wir schieben geil und gähnend uns ins Freie.

Alfred Richard Meyer

Marya Delvard

Marya: Protea! Richepins La Glu. Joli Tambour.
Dein Ruf: ‚Noël!' Madame Guillotine. Bänkelsang.
‚Zehn kleine Negerlein.' Berceuse bleue. Apachenhur.
Ein Wunder nach dem andern. Bleib! Hielt ich dich nur!
Den Ton. Den Duft. Das Lächeln. Die Liebkosung.
  Stundenlang.

Franz Richard Behrens

Marjorie

Sybill
Ethel
Cythéréenne
Ida
Hanna
Brigitte
Blonde Nacktheit im Sommerwald bei Mondschein
Wenn unser Wille schon verführt ist
Das Unglück, in eine Frau verliebt zu sein

Alfred Richard Meyer

Zwei Liebesgedichte

I.

Gestern hatt ich mich mal wieder in dem Urwald
deiner Achselhaare ganz verirrt.
Die Lianen wanden dichter sich um mich wie dicke
Schlangen,
glühten auf und pfiffen gelben Dampf mir in die
Ohren, Augen, Nasenlöcher.
Durch das immer zähere Nebeltreiben glomm die
ferne Fackel
deines Brust-Vesuvs. Sollt ich zur Baumaxt greifen,
mühsam einen Weg mir selber schlagen,
um im Abgrund eines Gießbachs doch den schroffen
Tod zu finden?
Nein, sagt ich mir, Notraketen bieten elf Prozent
mehr Aussicht mir auf Rettung,
wenn sie, was ich hoffe, zwischen Adlerhorst und
Affenwigwam
freie Bahn zum freien Himmel finden.
Zwischendurch kann auch die Notsirene gell ihr saures
Maul auftun.
Tiger krachen schon erschrocken durch die Büsche.
Unau und Aï entketten die Gewinde ihrer Zehen.
Die Lianen springen wie ein Arguspfauschwanz aus-
einander.
Ach, da leuchtet Aldebaran neben dem Saturn auf!
Und da kommt dein lieber Daumen und dein Zeige-
finger,

steil im Gleitflug wie ein Doppeldecker,
stupst mich zwischen Lachen, Schelten, Küssen, Schnauzen, hebt mich –
und ich wurde dies Mal noch gerettet.

II.

Und Munkepunke sinnt für Regentage sich dies Spiel:
Sein Mädchen baut aus blankgeputzten Fingernägeln
ein Labyrinth konvexer Spiegel auf.
Wie zwergig wird da Munkepunke gleich und dicklich!
Sein sonst so schlanker Kopf, azteken-edel, ist ein Gänseei.
Und seine Beine, eben jonisch noch, ziehn dorisch sich zusammen.
Und seine schreckhaft vorgestreckten Finger reifen als Bananen.
Die Nase spaltet sich in Orchideen.
Und jedes Auge wird auffunkelnd einer Radrennbahn Ellipse,
daß die Pupille auseinanderknallt in zwei Brennpunkte.
Und Munkepunke heißt jetzt Theseus, sucht den Minotaurus,
hat knuffig viele Strippe von Ariadne (der aus Schmargendorf!)
und einen Browning. Kretas Wiesen blühn in Asphodelen.
Für Regentage sann sich Munkepunke dieses Spiel. Probiert, lobt, liebt es!

Ferdinand Hardekopf

Sublimierung

Ich sah dich Grenadine schlürfen,
dein Wildgeruch ergriff mich schon –
und hab nur stockend murmeln dürfen:
‚Wer ist die scharfe … Attraktion?‘

Dann ließ ich drucken: ‚Komm, du Dirne!
Ein Später wittert Dunst und Bau.
Du hast die hellste Kinderstirne
und bist die dunkel-tollste Frau!‘
Vergeblich. Doch der Nicht-Genehme
war schon phantastisch angesteckt –
Du hast mich völlig, Unbequeme;
Und … ich hab dich, als mein Objekt.

O: dein von Mörderhand gekürzter
Polaire-Wulst, du zerwühlter Kopf,
durchreizt das Dasein mir gewürzter
als jüngster Judith Doppelzopf.

Was willst du, Fremde, noch verhindern?
Ich bau dich auf aus Kunst und Schaum.
Du wirst mir Unerhörtes lindern,
du bist ja mein in jedem Traum.

Wie gern in mystischer Verschwörung
dein Linien-Tiefstes sich mir gibt ...
Laß uns allein! Du ... Erd-Empörung,
bleib ferne, knäbisch angeliebt!
Ächz unter Assessoren-Küssen – – –
Indes in Spuk- und Geisterwelt
mit zugespitztesten Genüssen
dein kluger Schatten mich umstellt.

Mynona

Susanne wandert nach dem Badezeltchen,
Die Glieder eingehüllt in seidnen Rips.
Ein Herr (Zylinder, Lack, Monokel, Schlips)
Folgt ihr verstohlen in das Tannenwäldchen.

„Zu mager", urteilt er. Doch durch ein Spältchen
Schielt lüstern er, ein ganz infamer Fips,
erblickt (statt des vermeintlichen Geripps)
In Wahrheit das graziöseste Gestältchen.

Anmutig hebt sie eine Wasserkanne,
Besprudelt ihren fabelhaften Wuchs.
Er, selbstvergessen, ungeheuer hastig

(So geht es jedem überreizten Manne),
Tritt fehl, versinkt fast ohne jeden Mux
In einen Sumpf (die Gegend war morastig).

Nachtcafé

824: Der Frauen Liebe und Leben.
Das Cello trinkt rasch mal. Die Flöte
rülpst tief drei Takte lang: das schöne Abendbrot.
Die Trommel liest den Kriminalroman zu Ende.

Grüne Zähne, Pickel im Gesicht
winkt einer Lidrandentzündung.

Fett im Haar
spricht zu offenem Mund mit Rachenmandel
Glaube Liebe Hoffnung um den Hals.

Junger Kropf ist Sattelnase gut.
Er bezahlt für sie drei Biere.

Bartflechte kauft Nelken,
Doppelkinn zu erweichen.

B-moll: die 35. Sonate.
Zwei Augen brüllen auf:
Spritzt nicht das Blut von Chopin in den Saal,
damit das Pack drauf rumlatscht!
Schluß! He, Gigi! –

Die Tür fließt hin: Ein Weib.
Wüste ausgedörrt. Kanaanitisch braun.
Keusch. Höhlenreich. Ein Duft kommt mit. Kaum Duft.

Es ist nur eine süße Vorwölbung der Luft
gegen mein Gehirn.

Eine Fettleibigkeit trippelt hinterher.

Verschmolzen ineinander, Zung' in Zunge

Mit einem Sprunge sitzt
mein Kuß im Nacken
Boldt

Und küßt sie abgehackt,
à la machine
Mynona

PAUL BOLDT

Proserpina

Einsamer Pluto trage ich im Blute
Proserpina, nackend, mit blonden Haaren.
Unauslöschbar. Ich will mich mit ihr paaren,
Die ich in allem hellen Weib vermute.

Ich bin von ihren Armen lichtgefleckt
Im Rücken! Ihre Knie sind nervös,
Die Schenkel weiß, fleischsträhnig, ein Erlös
Des weißen Tages, der die Erde deckt.

In ihrem Haar bleibt etwas vom Verwehten
Des warmes Bluts. Ich liebe den Geruch!
Und nur die Zähne haben zuviel Fades,

Wie Schulmädchen, sooft sie in den Bruch,
Den Brunnen ihres Frauenmundes treten,
Der meine Brünste tränkt – Herden des Hades.

MYNONA

Der Greis stellt nach der jungen Katherine;
In ihrer Einfalt hält sie's für tot-schick,
Erwidert lieblich seinen geilen Blick,
Schließlich besucht ihn auch die dumme Trine.

Er öffnet ihr mit heuchlerischer Miene
Sein Schlafgemach und zieht mit schlauem Trick
Sie auf sein Himmelbett, faßt ihr Genick
Und küßt sie abgehackt, *à la machine*.

Harmlos gewährt sie ihm Mund, Augen, Näschen
(Verwundert zwar spürt sie was andres auch);
Doch warum weint der Greis und sinkt zurück?

Zitternd rafft er sich auf und trinkt ein Gläschen.
Gefühlvoll fragt er sie noch der lahme Gauch:
Ob jemals sie erlebt der Liebe Glück?

Paul Boldt

Szene

Dein Hinterkopf ist Haar auf meiner Hand.
Und in dein kleines Antlitz wärmt die Lunge.
Leg deine junge Hand in meine junge,
Pflanze die Zähne in das Lippenland.

Entkleidet bist du noch nicht nackt genug.
Schenk deine Fußsohlen ins Lampenlicht!
Das fremde Zimmer geht aus dem Gesicht.
Wir küssen uns vor einem roten Tuch.

In deinem Zimmer

In deinem Zimmer fand ich meine Stätte,
In deinem Zimmer weiß ich, wer ich bin.
Ich liege tagelang in deinem Bette
Und schmiege meinen Körper an dich hin.

Ich fühle Tage wechseln und Kalender
Am Laken, das uns frisch bereitet liegt,
Ich staune manchmal still am Bettgeländer,
Wie himmlisch lachend man die Zeit besiegt.

Bisweilen steigt aus fernen Straßen unten
Ein Ton zu unserm Federwolkenraum,
Den schlingen wir verschlafen in die bunten
Gobelins, gewirkt aus Küssen, Liebe, Traum.

Mynona

Du sollst nicht immer so ein Mäulchen machen,
So höhnisch rot, so stechend und doch drollig,
Einerseits herbe, andrerseits doch mollig,
Teils bös zu werden, andernteils zum Lachen!

Oh öffne weit, damit in deinen Rachen,
Den rosenroten, meiner Zunge Knoll' ich
Hinabstoß' bis zum Zäpfchen (denn sonst groll' ich),
Oh öffne deinen Mund, den spröden, brachen!

Wir strömen ineinander, Lung' in Lunge,
Ich dring' in deines Schlundes süße Schlucht,
Als müßt mein Blut in deines überfließen –

Verschmolzen ineinander, Zung' in Zunge,
Ein Doppelgaumen, inn'ge Zwillingsfrucht,
Das schwelgerischste Sich-in-sich-genießen.

Ernst Wilhelm Lotz

Ich küßte dich …

Meine Lippen sind bunt gesprungen.
Ich küßte dich zu sehr, zu lang.
Mein buntes Herz hat sich in meine Lippen hinauf-
geschwungen.
Hörst du: Es atmet und zuckt. Es stimmt einen süßen
Gesang.

Es singt ein wehendes Lied auf deinen Mund.
Nur dein Lippenherz kann begreifen sein Tönen,
So singend, so bunt.
Langsam müssen wir unser Staunen daran gewöhnen.

Alfred Richard Meyer

Lippen

Jeder blaue Abend sehnt
sich nach deiner Nacktheit Maien,
heiß das Blut den Leib mir dehnt,
sich in deinem zu befreien.

Blicke zügeln, längst die Zucht
des Entsagens so ich lernte:
In dir ruht und reift die Frucht,
ruft den frohen Tag der Ernte.

Da des Mondes Sichel steigt
über Dächer gelb und gilber,
meiner Not sich leise neigt
deiner Lippen schmales Silber.

Die in deinem Leib geheim
meine Stärke einst umfingen –
andrer Lippen süßer Reim,
Seligkeit und Singen.

Kuß und Kuß glüht sich zum Trank,
trunken lallt mein Mund, und feuchter
glänzt aus goldnen Augen blank
siebenarmig schlank ein Leuchter.

Mynona

Die Bergbesteigerin bedroht ein Föhn.
Sonst zählt sie zu den glücklichsten Gewinnern
Der höchsten Gipfel. Doch in ihrem Innern
Regt heut sich Furcht bei solches Sturms Gedröhn.

Sie kann nicht mehr hinab noch zu den Höhn –
Da sieht sie einer von den rüstgen Spinnern
Und rettet sie in seine Hütte. – Zinnern
Stiert dann sein Auge; denn beinah obszön

Sinkt mit zerrißnen Höschen sie: der Atem
Stockt ihr und ihm, sie werden aschfarben,
Und plötzlich klebt sein Mund an ihrem Mündchen,

Und gern erwidert sie's mit akkuratem
Küßlein; und ihre Wunden sind rasch Narben.
Sie duzen sich bald – (Ist denn das ein Sündchen?)

Georg Scholz

Réunion

Ich gehe weg von diesen bunten Frauen,
In deren Augen leere Häuser steh'n.
Die Pauken unken unten in dem Sumpfe,
Der Geigen Seifenschaum quirlt drüber hin,
Die Mädchenzungenspitzen glitzern lüstern,
Ich gehe weg –

Die Jungfrau gießt auf das Triangel Perlen,
In Schößen brüten Sümpfe von Parfüm,
Radieschenaugen glotzen geil auf Beine,
Der Semaphor schreit blind Trompetenton,
Ein Elefant quiekt dunkelblauen Baß,
Bum – Bum –

Aus Klarinetten zwar quell'n gelbe Frösche,
Aus Flötenklappen huschen hurtig Mäuse,
Doch ich bin bald ganz fern,
Und die Elektrische
Zerschneidet Häuser, Lichter, Leiber, Seelen.
Nun ist es tot.

Paul Boldt

Mädchennacht

Der Mond ist warm, die Nacht ein Alkohol,
Der rasch erglühend mein Gehirn betrat,
Und deine Nacktheit weht wie der Passat
Trocknend ins Mark.

Du hast ein weißes Fleischkleid angezogen.
Mich hungert so – ich küsse deine Lippen.
Ich reiße dir die Brüste von den Rippen,
Wenn du nicht geil bist!

– Küsse sind Funken, elektrisches Lechzen
Kupferner Lippen, und die Körper knacken!
Mit einem Sprunge sitzt mein Kuß im Nacken
Und frißt dein Bäumen und dein erstes Ächzen.

Und als ich dir die weißen Knie und,
Dein Herz verlangend, allen Körper küßte,
Geriet mein Schröpfkopf unter deine Brüste;
Da drängte sich das Herz an meinen Mund.

Georg Kulka

Werkzeug

Knisternde Knospen, gelehnt an Geländen,
Die der Staub der Gestirne spann,
Heben sich, huschen zu hegenden Händen –
Die geheimsten verjüngen sich in Legenden
Hämische Horizonte hinan. –

Noch tun sie es nicht, unzerschnittene Wölbung, noch
 ist dieser Kreis nicht durchdrungen;
Tag und Nacht fühlen auf und ab und sind miteinander
 erfüllt.
Nur im entzweiten Mund überstürzen sich zögernde
 Zungen;
Durch die ohnmächtige Nacht schlagender Funkenbusch
 brüllt.

Fersen rehen nackt Jasmin

Und wir entkleiden uns …
Und leuchten auf
Boldt

Und wenn das Hemd dir
von der Schulter fiel
Lautensack

Mynona

Ein bunter Trichter hangt vom Mond hernieder,
Raus kriecht ein nordamerikanischer Clown;
Sein Unterleib ist futsch, sein Name Brown,
Den Spinnebeinen gleichen seine Glieder.

Auf irdischem Balkone lüpft sein Mieder
Ein Mädchen und entdeckt mit tiefem Graun
Das Mondgespenst; sie säuft vor Furcht Alaun,
Und ihre Seele breitet ihr Gefieder.

Sie flattert ängstlich, doch der Clown entdeckt sie,
Rasch packt er sie an ihrem linken Flügel,
Dann sausen beide lautlos durch den Trichter.

Auf bleicher Mondenwiese küßt und weckt sie
Der listge Räuber, trägt zu einem Hügel
Sie, und den spröden Widerstand rasch bricht er.

Paul Boldt

Sinnlichkeit

Unter dem Monde liegt des Parks Skelett.
Der Wind schweigt weit. Doch wenn wir Schritte tun,
Beschwatzt der Schnee an deinen Stöckelschuhn
Der winterlichen Sterne Menuett.

Und wir entkleiden uns, seufzend vor Lust,
Und leuchten auf; du stehst mit hübschen Hüften
Und hellen Knien im Schnee, dem sehr verblüfften,
Wie eine schöne Bäuerin robust.

Wir wittern und die Tiere imitierend
Fliehn wir in den Alleen mit frischen Schrein.
Um deine Flanken steigt der Schnee moussierend.

Mein Blut ist fröhlicher als Feuerschein!
So rennen wir exzentrisches Ballett
Zum Pavillon hin durch die Tür ins Bett.

Porträt, aus Haaren verfertigt

Mit dieser *Prophetie* der Leidenschaft:
mit deinem blauen Oberlippenbarte!
du Meine auch ansonsten reich Behaarte:
du Haupt voll schmückend Locken – *simson*haft!

Mit deinen Brauen beid' – als wie gespannt
mit *jonathan*'schem Arm: ihr Zwillingsbogen
als von dess' Sehne die drei Pfeile flogen,
wann *David* sich am Stein Asel befand! …

Und wenn das Hemd dir von der Schulter fiel:
oh welch ein Duft rauscht' da von Salb' und Oelen!
Hermaphrodite!! in den Achselhöhlen
strafft sich's wie *salomonisch* Saitenspiel!

Wilhelm Klemm

Morgendämmerung

Wieder erfüllen sich die gewaltigen Rotunden mit Licht,
Die grünen Rippen der Berge dampfen.
Panoramen dunsten empor. Im Gebüsch
Silberfahl rausch auf der Morgenwind.

Die schwarzen Schalen der Nacht sind leer.
Der dunkle Wein rollt schwer durch unsre Adern.
Schwärmerisch endete das Bachanal.
Ein großer Stern sinkt ins Herz der Morgenröte.

Welke Rosen auf zerwühlten Kissen!
Mühsam ordnest du dein goldnes Haar,
Schwer von Liebe. Unter den Wundern,
Die mir der wachsende Tag zeigt, bist du das größte.

Max Herrmann-Neisse

Orgie

Wir tappen tief durch Raps und Röhricht
und Sumpf und Säume von wilden Wiesen
und fallen nach Faltern und tuscheln töricht
und narrn uns mit Mohnsam und müssen niesen.

Und wühlen uns wütend in Haufen Heues
und juchzen und johlen wie fröhliche Fohlen
und streifen ab unser Schwaches und Scheues
und kreisen kreischend wie wehende Dohlen.

Spinnen kriechen uns über den Mund.
Ähren kitzeln keck unsre Nasen.
Mücken zerstechen uns Hals und Nacken.

Närrisch umbellt uns der kleine Hund.
Trunken wälzen wir uns auf dem Rasen,
Prustend wie Pane mit blühenden Backen.

Paul Mayer

Joseph und Potiphars Weib

Sie bot sich ihm in ihren Blicken dar.
Der Knabe hatte noch kein Weib erkannt;
Da löste sie für ihn ihr Balsamhaar,
In das sie blaue Lotosblüten wand.

Doch als des Reifens Zeit gekommen war,
Da nahm sie lächelnd des Geliebten Hand
Und preßte sie auf ihrer Brüste Paar.
Sie bebte, als ihm das Besinnen schwand.

Von ihren Gliedern warf sie die Gewänder,
Es züngelte ihr Mund in seinem Ohr,
Doch als sie ihn zur letzten Lust beschwor,

Barg er sein Antlitz in der Hände Schale
Und lief zerstört bis an der Wüste Ränder
Und hörte nicht das Heulen der Schakale.

Heinrich Nowak

‚Post coitum omne animal triste'

Nur mühsam dringt das Dämmerlicht durchs Fenster,
Gehemmt durchs Tuch teilweise neuergänzter
Portieren. Staub liegt grau auf allen Kästen.
Ein abgerißner Knopf träumt träg von Festen.

Ein Amor hält Kunstblumen in den Händen.
Verschlafne Bilder lungern an den Wänden –
Ein Diwanloch spreizt weit sein Maul zum Gähnen.
Wirr hängen Kleider über Sessellehnen.

Von draußen hört man einen Wagen knarren –
Der frühe Tag will einen bleichen Narren
Auf weiten Zickzackwegen irreführen.
Ein Hausknecht schimpft und schmeißt die Stiefel
vor die Türen.

FRANZ RICHARD BEHRENS

Marynka Matecha

Teerosen knospen glocken See
Holunder errosten Demanten
Fersen rehen nackt Jasmin
Libellen schilfen lachen Lenz
Gelber Mohn mait veilchen Pfirsich

Alfred Lichtenstein

Der Angetrunkene

Man muß sich so sehr hüten, daß man nicht
Ohn jeden Anlaß aufbrüllt wie ein Tier.
Daß man der ganzen Kellnerschaft Gesicht
Nicht kurz und klein haut, übergießt mit Bier.

Daß man sich nicht die ekle Zeit verkürzt,
Indem man sich in einen Rinnstein legt.
Daß man sich nicht von einer Brücke stürzt.
Daß man dem Freund nicht in die Fresse schlägt.

Daß man nicht plötzlich unter Hundswauwau
Die Kleider sich vom feisten Leibe reißt.
Daß man nicht irgendeiner lieben Frau
Den finstern Schädel in die Schenkel schmeißt.

Paul Boldt

Meine Jüdin

Du junge Jüdin, braune Judith, köstliche
Frucht der Erkenntnis, weißer Blütenfall:
Aus Kleidern steigst du nackt, ein All ins All,
Mit deinen Brüsten, Mythenfrau, du östliche.

Steige vom Sockel, Venus, aus zerballter
Wäsche, Jungweib! Wie Morgensonne blitzt
Dein Bauch – und in der Schenkel Schatten sitzt
Wie Blüten saugend, fest, ein schwarzer Falter.

Und Schwarzes fällt aus den gelösten Schleifen
In den konkaven Nacken, wie Geruch.
Und die zu großen, graden Zähne blecken,

Als ob sie schon in Männerküssen stäken.
Der Blick hängt glänzend über dem Versuch,
Die Lippen über das Gebiß zu streifen.

Franz Richard Behrens

Ich wurde scharlachrot

Heidelbeermarmelade
Himbeereis
Johannisnacht
Zuckriger Saft aus Pfirsichen
Sie dreht den Kopf sachte von rechts nach links
Und von links nach rechts
Begann
Ihr Schuhe und Strümpfe auszuziehen
Ich küsste ihre Füsse und ihre Beine

müde und schlaffe, straffe und junge

und Busen bis an die Warzen
Kanehl

die noch kleinen Brüste
schmücken dich mir
Boldt

ALFRED RICHARD MEYER

Aus meinem Pariser Tagebuch

I.
Dies Wunder nehm ich jeden Abend mit:
Vom Boulevard den Blick zur Rue Laffitte.

Montmartre! Zwischen Wolken rotgefleckt
hoch Sacré-Cœur die weiße Kuppel reckt.

Dies maurische Getürm streckt sich zum Himmel just
wie eine junge steile Mädchenbrust,

um die der Winde warmer Finger irrt,
daß ihre Warze rosa runder wird.

II.
Hélène und ich im Restaurant Coucou.
Du dehnst die weichen Ziegenlederschuh.

Dein Fuß will nackt sein, im Folies Bergère
kommst du heut Abend als Diana her.

Pfirsiche träufeln durch dieselbe Hand,
die gleich im Tanz den goldnen Bogen spannt.

Dein Houbigant-Parfum umkreist mich heiß.
Hermaphrodite züngelt puderweiß.

III.
La Malmaison! – Die dunklen Rosen blättern
und reihen eines Namens Purpurlettern.

Ich seh dein kaiserliches Haupt geneigt
in tiefem Schmerz, da blau die Nacht aufsteigt.

sank je der Kronreif einer Frau so jäh
herab wie Joséphine Beauharnais?

Schmerz, der dein Herz doch konnte nicht zerschmettern!
La Malmaison! – Die dunklen Rosen blättern.

Jomar Förste

Liebe

Durch feuchte Nebel drang ein Fluchen.
Sirenen heulten am Kanal.

Sie wusch die Brüste rein, und fahl
Und ärmer ging sie nach ihm suchen.

Albert Ehrenstein

Leben

Ich sehne mich nach Weibern leibig, brüstig,
nach einem weichen Bauche lagerbildend,
den dauerzarten Küsten eines schlanken Mädchens,
umwarb, durchsuchte körperliche Tiefen
und fand das Nichts, zu gutem Fleisch gestaltet.
Empfangen, abgeschlagen von ehernen
oder butterweichen, ewig gleichen Gliedern,
gebrechlich-knochigen wie auch ganz dicken
Kühen, rings umhängt von Wogeeuter,
sog ich, sog mich die Lust.
Aber die weiße Zeit brach ins Haar mir,
Herz und Hirn verfärbend,
und in mein dumm zerlebtes Leben fuhr
der Strahl: „Real ist alles, nur die Welt ist's nicht!"

Iwan Lassang

Die beiden Schwestern

Sie tragen in ihren weißen Blusen
So einen zarten Busen
Und lächeln dabei,
Als ob gar nichts sei!
Und es ist auch nichts
Als ein Schimmer feuchten Augenlichts,
Als dann und wann ein flüchtiges Neigen
Der Hände und süßes, langes Schweigen …

PAUL BOLDT

Die schlafende Erna

Auf einer Ottomane aus Mohär
Liegt sie in Seidenröcken, eine Truhe
Voll Nacktheit, und ich denke voll Unruhe
An dein Geheimstes – schönes Sekretär.

Die Frauen tuen Wundervolles in die Seide.
Am Knie beginnt es. Ich will es auspellen,
Wenn Küsse summen nach hautsüßen Stellen
Im Bett, daß wir nicht schlafen können beide.

Du großes Mädchen, die noch kleinen Brüste
Schmücken dich mir. Auf den geheimen Schmuck
Hast du die linke weiße Hand gelegt;

Ich dachte: Soll die eine, die sie trägt –
Die schwarze Blume welken von dem Druck?
Und nahm die Hand weg, die ich leise küßte.

Oskar Kanehl

Nachtcafé

Peinlicher Duft beißender Parfümerien,
Rauschgetränke und Zigaretten.
An kleinen Tischen, von beweglichen Kellnern
umflattert, heimentlaufene Provinzialen,
vollblütige Jugend und, sichtlich gewürdigt,
glatzige Greise mit Stammkelchen.
An den Wänden glucken
wie Giftpilze bunt
Schneppen zur Wahl. Markt.
Fette und Fleischige, Schwammige, Wabblige,
wie Masttiere vom Schlachthof;
andere, hautüberzogene Knochen,
hölzern und eckig mager,
angepinselte Leichen.
Halbakte. Entblößte Rücken
und Busen bis an die Warzen.
Offen zum Geldeinwurf.
Augen voll Lebensgeschichten,
gemeine und traurige.
Schicksalberufene, Schicksalgestoßene,
Ausgelebte.
Sie blinzeln und zwinkern
und lächeln einstudiert.
Untereinander tuscheln sie,
obgleich sie sich hassen
wie futterneidische Tiere.
Und lecken und beißen die Lippen,

nippen mechanisch an ihrem Glas.
Kellnervertraulichkeit. –
Zweie sind einig und gehen.
Alle winken und schachern,
gemustert, bemessen und bemäkelt
wie Lumpen im Trödelladen.
Kaum daß man es merkt
wechseln die Weiber.
Leise hautreizend, prickelnd,
frech und leidenschaftswild
wühlt ein Bohèmegeiger mit seiner Kapelle
Musik in die Glieder.

Fried-Hardy Worm

Rückenbeuge

Draußen brüllt Lampe in Rot.
Blödsinn gräbt Furchen um triefende Mäuler,
Eingestampft in Zigarettenqualm.
Die Mimmy hat dicke Schenkel.
Noch eine Runde.
Die Uhr tanzt.
Und der Schenkmamsell schmieriger Busen.
Noch eine Runde.
Ich zahle!
Wer?
Ich!
Reißt ihm die Lumpen vom Leibe.
Pssst. Ruhig!
Er hat Geld!
Wir sind ganz devot,
Gespannte Kurve.
Denn er hat Geld.
Und wir sind
Schweine.

Alfred Richard Meyer

Die Nacht

O Mond, du Auge des Cyklopen,
der über meinem Dorfe wacht!
Der Dämmerung folgt heliotropen
im Silberkleid die bleiche Nacht.

Im Haar Demanten, Amethyste,
Rubin, Saphire, Stern an Stern,
im Wetterleuchten steiler Brüste
giebt ihre Nacktheit sich so gern.

Was wird so silbrig weiß im Tale
und tanzt wie wenn's ein Irrlicht sei?
Dein Fuß auf goldener Sandale
spreizt seine Zehen fröhlich frei.

Doch keines Wurmes, keines Käfers
geheimsten Traum zertrittst du laut,
dir ist die Heiligkeit des Schläfers
wie einer Mutter hold vertraut.

Hugo Ball

Frühlingstänzerin

In deinen Blicken wiegt sich der Frühling.
Rosengeflecht und ein Apfelzweig
Schaukeln ihn duftend einher.

Auf deiner Lippen Granat- und Marmorsitz
Streiten zehntausend Lerchen in süßem Tumult
Wähnend sie säßen im Morgenrot.

Wo deine lieblich errötenden Füße schreiten,
Schlägt aus dem Boden ein holder Schwall von Musik
Und erstürmt sich den Himmel.

Wippend dem zierlichen Schmetterling gleich
Schreitest du tanzerhobenen Arms
Wie über schwankendes Seil.

Wenn deine tastenden Brüste den Atem der Gärten
  verspüren,
Heben und senken sie sich, zugespitzt,
In verworrnen Gedanken.

Zierlich ist deine Seele, dem Rotkehlchen gleich,
Und so ängstlich, daß sie bei plötzlichem Wort
Flatternd im Käfig sich stößt.

Oskar Kanehl

Gluthitze

Auf den Straßen weicht der Asphalt
und klebt an Hufen und Rädern,
alles strömt zur Volksschwimmanstalt,
die Herrschaften sind in den Bädern.

In den Trambahnen stickt man vor Schweißgeruch.
Am Tage schläft man. Nachts im Café
kriegt man nicht Speiseeis genug
und leidet ewig an Diarrhö.

Durch dünne Blusen lugen Frauenbrüste
Müde und schlaffe, straffe und junge.
Nackt hängen die Maurer im Gerüste,
den Hunden leckt die trockene Zunge.

Man ist zu keiner Arbeit bereit,
die Pferde fallen vor den Rädern,
die Dirnen haben schlechte Zeit:
die Herrschaften sind in den Bädern.

FRIEDRICH EISENLOHR

Vorstadt

Der Morgen kriecht verstört durch öde Gassen.
Aus bleichen Wolken rinnt ein fahles Grau,
Daraus die toten, plumpen Häusermassen
Aufragen wie ein ungeheurer Bau.

Schrill gellt ein Pfiff aus der Fabrik herüber,
Und peitscht zur Eile einen müden Mann.
Ein Weib in Lumpen hastet scheu vorüber
Und bettelt einen Müßiggänger an.

Der taumelt achtlos weiter, flucht und lacht
Träg aus der Stumpfheit seiner satten Lüste;
Und denkt betrunken der genossenen Nacht,
An Tanz ... und Wein ... und seiner Dirne Brüste ...

Paul Mayer

Zeilen des Verwandelten

Kann die Welt nicht mehr finden,
Steckt sie in eines Weibes Schoß
Oder im Glase Absinth?

Früher schien doch die Welt so groß
Oder war ich so blind,
Mich an Ziele zu binden?

Damals war alles ein Altar,
Den wir mit Träumen umwanden,
Jeder Tag hatte Sinn.

Heute geh ich in eine Bar,
Daß ich – wenn Brüste branden –
Nicht mehr weiß, wer ich bin.

Rudolf Leonhard

Lied des Abtes von Fontanella in der Dämmerung

In dieser Stunde, die, vom Tag verflucht,
Noch nicht den Weg zu Nacht und Frieden fand,
Hab ich, den Kopf in unbewegter Hand,
Es auch versucht

Etwas wie Scham und Reue zu erfühlen.
Ich zwang in Falten meine klare Stirne
Und ließ Gedanken sich ins Blut verwühlen
Und dachte an heut' nacht und an die Dirne –

An ihre spitzen Brüste und die Pracht
Der Schultern, die sie bog in meinen Küssen
Da haben sich meine Lippen bäumen müssen,
Und nur gelacht!

ALFRED RICHARD MEYER

Sommer

Die Schneeballblüten vor meinem Fenster
wippen so weiß wie einst deine Brüste.
Und der Erinnrung rauschrote Wege
führen mich heimwärts zu meiner Liebe,
leuchten der Nächte Fahnen und Fackeln,
brennende Wälder, unendliche Wiesen,
Sonne und Möwen über dem Meer.
Tausend Träume werden ein Traum,
Lippen und Hände stammeln in Versen.
Liebe weiße Schneeballblüten
wippen wie einst deine Brüste.
Einsamster Sommer!

FRIEDRICH WILHELM WAGNER

Verse

I

Die klingenden Lieder der Mitternacht
Sind verrauscht. Taggrelle lacht.
Geifer und grüne Glut.

Der Vater hat sich ins Licht gesetzt.
Breit. Nun wird zu Tod gehetzt
Junges Rosenblut.

II

An stiller Promenade.
Stadt fern versinkt im Grau.
Am Ufer geht die grade,
Noch sonnenweiße Frau.

Zwei Reiter schwer in Rüste
Reiten plump in Ruh.
Die Frau deckt leis die Brüste
Mit schmalen Händen zu.

LIVINGSTONE HAHN

Dionysos

Rot flammt der Mond vor Phokis' Gassenschenken,
als sei er ausgemeißelt aus Basalt,
da schwillt ein Murmeln von den vollen Bänken
und rauscht wie Sommerregen und verhallt.

Denn westher nahn mit fliegenden Gelenken
die Weiber, wie ein buntes Knäul geballt;
du siehst sie klagen, jubeln, Fackeln schwenken
und vorwärts stürmen in den Fichtenwald:

'Dionysos, du schlanker Bräutigam,
wir sind wie Wild vom Frühling aufgespürt,
in süßem Wein verrauscht die letzte Scham,

erlöse uns! Die Brüste schwellen wund,
der Hals ist wie mit hartem Griff verschnürt,
und ganz von Gier zerrissen zuckt der Mund.'

Max Herrmann-Neisse

Der Mann am Vortragspult denkt:

Köpfe kugeln kahl und spitz wie Kerzen,
Und die runden, rot wie Kinderluftballons,
Um die Brüstung meines Sprechbalkons,
Und viele Hände zielen schroff nach meinem Herzen.

Eine lüpft die Lippen – oh! die schwülen!
Eine zeigt kokett ein Stückchen Seidenbein …
Eine träumt wie sanfter Sonnenschein …
Schauten schaukeln stutzig auf den Stühlen.

Einer tut, als ob er lächeln müßte,
Und ein Jude juckt sich überlegen.
Eine bringt mir ihren Mund entgegen,
Und ich beiße mein Gedicht in ihre Brüste.

HEINRICH NOWAK

Ein Besoffener geht durch die Nacht

Für Max von Beer, Hans Niedermeyer,
Alexander Stern und Richard Weiß

Ein Auto jagt vorbei auf schiefen Rädern,
Die Steine schaukeln wie auf weichen Federn
Und laufen wippend unter allen Füßen.
Zwei Häuser türmen sich zu Hindernissen.

Üppige Weiberbrüste gehn spazieren.
Ein Gasthausschild wird sich noch strangulieren.
Die weißen Bogenlampenlichter kreischen.
Ein offnes Fenster will sich gar zerfleischen –

Die Nacht krallt ihre Finger in die Gassen.
Ein geiler Mensch will eine Dirne fassen.
Ein Winterrock wird sich durch Gehn ermüden
Und spricht in großen Gesten Plattitüden –

Friedrich Wilhelm Wagner

Idyll

In einer Kneipe. Sonntags. Auf dem Land.
Vier Frauen rund um einen Tisch.
Sie waren nicht mehr jung und frisch.
Und eine hatte eine verkrüppelte Hand.

Sie tranken Bier. Und plauderten. Eintönig.
Wobei sie mit den Köpfen nickten.
Und treu sich in die Augen blickten.
Und ihre Busen bebten schon ein wenig.

Bald machten Tränen ihre Augen naß.
Mit heißen Händen schlugen sie die Brüste.
Sie schwelgten wie im Taumel süßer Lüste.
Und kreischten gell. Und wußten selbst nicht was.

Ernst Blass

Sonntagnachmittag

Die Töchter liegen weiß auf dem Balkon.
In Oberhemden spielen Väter Kachten:
Ein Roundser steigt nach einem Full von Achten.
– Und singen tut sich eins der Grammophon.

In Straßen, die sich weiß wie Küsse dehnen,
Sind Menschen viel, die sich nach Liebe sehnen.
Noch andre sitzen in Cafés und warten
Die Resultate ab aus Hoppegarten.

Der Dichter sitzt im luftigsten Café,
Um sich an Eisschoklade zu erlaben.
Von einem Busen ist er sehr entzückt.

Der Oberkellner denkt hinaus (entrückt)
An Mädchen, Boote, Schilf, … an Schlachtensee.
Der Dichter träumt „… und werde nie sie haben …“

PAUL BOLDT

Guten Tag – Helle Eva!

Ich wollte mit dir jungem Weibe leben
Gern wie der Sturm auf einem hellen Meer,
Daß deine Hände sich wie Möwen heben.
Wie Strudel leuchten deine Brüste sehr.

Dein Fleisch ist Schnee, und schneereich bist du wie
Russische Winter. Mondrot leuchtet, blond,
Dein Haarkorb an des Nackens Horizont –
Du nackend Weib, du weiße Therapie!

Lange behielt ich deine Witterung
Und jagte hitzig hinter Dirnenrudeln,
Lustkrank, von Qual beweht. Doch du bliebst jung.

Auf deinen Rippen kreisen weiße Strudel;
Du bist ein Weib geworden – puh – fruchtbar,
Du blanker Bauch voll Blut und krautigem Haar.

Heinrich Nowak

Maskenball bei der Marschallin

Musik …
Wie sich die Töne auf meine Sinne senken …
Und die Qual:
An eine, die irgendwo fern ist, denken,
Während der Leib einer anderen reizt …

Rosanette tanzt …

Wie sie die Füße zu meinem Antlitz spreizt
Und ihre Brüste mir entgegendehnt …
Die Nacht leuchtet heute in blauer Gier …
Paris hat sich durchs Fenster hereingelehnt
Und lacht …

und im Fell ein scheu Geliebel vorn

Dann den Genußlaut einer Frau
Hahn

Dann dein gellender Schrei
Meyer

PAUL PAQUITA

Rote Diana

I.
Sprang die Schließe mir vom Schulterknaupe?
Glühn der Achseln Wunder weithinwärts
wie verbrämt mit feuerroter Raupe
Nessel Narde oder wilder Nerz?

Wie vom Park millionen Blütenbrausen
eisig, Herzogin, im Zobel zausen!
Wie dem Glanz der Nacht du dich entschuhst!

Wie – o schau – in goldener Revolte
die Frisur aus ihren Riegeln rollte!
Wie du *mir* dich auseinandertust!

II.

… gram der Lippe schüchternem Zusamm,
wann ward *so* ein Mund dir Kuß und Kelter,
wann brach *so* ein rebenblaugeschwellter
schäumend auf im reinen Traubenkamm?

Daß die Brüste voll von süßen Silben
meinem Gaum sich im Entgegengilben
rührten mit arom-gerecktem Dorn

und in rosenfarbnen Ränken huben
deine Lenden sich wie Flügelbuben
und im Fell ein scheu Geliebel vorn.

Alfred Richard Meyer

Das Taschentuch

Der Fasching hob seinen flirrenden Reigen,
durch Gassen stob die Confettischlacht,
die Sehnsucht hatten die girrenden Geigen
heißer und weißer zum Glühen entfacht.

Und Kinderlippen, die niemand noch küßte
denn ihrer Mutter zärtlicher Mund,
flammten wie Blumen auf, blühende Brüste
reckten ihr Röschen im Barchenthemd wund.

Da harrten viel bunte Bänder und Schleifen
heimlich kokett der lösenden Hand,
schief um den Mund lag ein listiges Pfeifen,
gestern war kaum ihm sein Kehrreim bekannt.

Und eins dieser dummen und lieben Dinger
warf mir der Rosenmontag ans Herz.
Wie bettelten, buddelten ihre Finger
gleich durch mein Haar nach der Abfuhr-Terz!

Ich trug sie nur so durchs Walzergetriebe,
Geschiebe, Gekuschel, Getuschel, Gekreisch.
Und doch sprach kein Mund ein Wörtchen von Liebe,
biß stumm ins blühende, glühende Fleisch.

Der Droschke schwankendes, rohes Geratter
schloß unsre erste Seligkeit ein,
um deinen Blondkopf verblaßte ein matter
Mondstrahl den goldenen Heiligenschein.

Mein Zimmer! Im Ofen knistert's von Funken.
Noch stehst du weiß wie ein Marmorbild,
doch schon bist du lachend niedergesunken,
wirbelst dich, zwirbelst dich, jauchzend wild.

Wo faß ich das Glück der silbernen Glieder?
Dein rotes Blut blüht rauschend sich frei
und springt und schwingt seine rasenden Lieder.
Tränen? Du! Dann dein gellender Schrei.

Hell klingt auf der Saite meiner Guitarre
gedämpfter weiter der wehe Ton,
wie wenn er mich gar bedeutungsvoll narre:
Eben empfing sie von dir den Sohn!

Der Flut folgt die Ebbe, Küssen das Träumen.
Im Ofen ging längst das Feuer aus.
Da Dämmerung rot anfängt Dächer zu säumen,
leis kommt's an mein Ohr: „Ich muß jetzt nach Haus!"

Der Abschied so hastig, gehetzt, fast häßlich.
„Auf Wiedersehn?" Und der Schlüssel klirrt.
Wie Cyankali die Morgenluft gräßlich
giftig tiefblau und bläulicher wird.

Mich fröstelt. So kalt und kahl und so ärmlich
des Bettes Kissengebirge steht.
Aus jedem zerwühlten Faltenwurf wärmlich
Düften und Form deines Leibes noch weht.

Ein Taschentuch gleißt da mit Spitzenborte.
Ich lese in mephistophelischem Hohn
und dennoch gerührt die gestickten Worte:
„Zur ersten heiligen Communion!“

Uriel Birnbaum

Lied

Der Himmel ist weiß wie Kreide,
Der Himmel ist wolkenlos –
Der Sonne heißes Geschmeide
Brennt mitten in seinem Schoß.

Die Häuser stehen wie Leichen
Geduckt und zusammengedrängt;
Die Pferde und Menschen keuchen,
In Gassensärge gezwängt.

Doch fern aus dem heißen Gewimmel
Erblüht es wie Silberschaum;
Erhebt sich ein Turm in den Himmel,
Glückselig und wie im Traum!

Max Herrmann-Neisse

Legende der verzauberten Zellen

Die Nonnen nächtigten in ihren Gärten,
denn Angst stieg plötzlich aus den schwülen Zellen,
sie beteten zum kühlen Gott der Quellen,
und Stern und Springbrunn wurden Traumgefährten.

– Die Morgenmühle klappert. Hunde bellen. –
Als sie mit rührend zagen, unbeschwerten
Schritten zurück in ihre Räume kehrten,
begannen sich die Dinge zu entstellen.

Und Altarschmuck und Kranz und Buch und Bild
sind schamlos wie in Liebeskampf verflochten.
Aus steilen Kerzen brünstig Odem quillt.

Und eh die Fraun zu flüchten noch vermochten,
fühlten sie plötzlich hüllenlos sich schweben,
süß einem Unsichtbaren hingegeben.

ALFRED LICHTENSTEIN

Frühling

Alle Männer sind jetzt gierig,
Alle Weiber schrein,
Ducke dich in deinen Buckel,
Bleib allein –

Mynona

Mechthild ergötzt sich in der Badewanne
(Im Frauenverein Techtelmechthild genannt).
Ein rosenrahmger Spiegel an der Wand
Zeigt ihr den eignen Wuchs (schlank wie'ne Tanne).

Versunken tief, in ihrer Schönheit Banne,
Vergißt sie, daß die Türe offen stand:
Herein tritt ihr Bedienter, in der Hand
Drei leckre Eier auf glasierter Pfanne;

Die stellt er auf ein Tischchen, Wein dazu.
Die Miene Jeans bleibt gänzlich ungerührt,
Er sagt preziös: „Die Gnädge sind bedient!"

Und geht hinaus (im Auge Seelenruh) –
Mechthild ißt nichts; eiskalt hat sie gespürt:
Er hat nicht mal (von fern auch nur) gegrient.

Oskar Kanehl

Sauwetter

Viel zu hoch gehobne Röcke.
Fett und magrer Waden viele,
vollgeferkelte vom Drecke
spritzender Automobile.

Damen die, ich weiß warum,
ihren Schirm vergessen haben.
Herren die, Gott weiß wie dumm,
einen anzubieten traben.

Angerannte Weiber quieken.
Radfahrer glipschen aus und fallen.
Schirme die in die Augen pieken.
Vollgepfropfte Lesehallen.

Ins Café? Wer bezahlt mir das?
Wo unterstelln? Bin kein Banause.
Verärgert. Wütend. Pitschenaß.
Pfui Teufel, wär ich erst zu Hause!

Willy Küsters

Nocturno

Durch das hüllende Dunkel der Nacht
Schimmern die weißen Stämme der Birken
Wie schlanke, wogende Mädchenleiber,
Die im kosenden Winde sich biegen.
Zitternd vor Glück wiegen sich Sterne.
Alles ist Zärtlichkeit –
Meine geflüsterten Lieder sind Kränze
Um deine schwellenden Hüften.

Livingstone Hahn

Taku

Die Standuhr hat zwölf geschlagen,
Schon war ich meiner Strümpfe bar,
Da las ich innerst meinem Kragen
Ein Wort, das mir erstaunlich war.

Taku! Ja, diese Silben hatten
– So schiens mir im Vergleich genau –
Zunächst das Danken eines Satten,
Dann den Genußlaut einer Frau.

Ich sprach: „Wer hat ein Wort geboren,
Das solche Gegensätze raunt!"
Hätt ich nicht nackten Beins gefroren,
Ich hätte länger noch gestaunt.

Nun male ich auf gelbe Blätter
Den Klang, der tief mir eingebrannt:
Ja, Alma, mein Gordon setter
Sei heut zu Taku umgenannt.

Eins zwei drei, ja Hand

Auf Bänken übertastet man die Leiber
Blass

Die Hand fühlt Glieder
und gefällt sich sehr
Nowak

FRIEDRICH WILHELM WAGNER

Sommertag

Die Sommersonne foltert fürchterlich
Den lahmen Leib. Kein Wind bewegt die Schwüle.
Der Asphalt stinkt. Es faulen die Gefühle.
Ein Droschkengaul verreckt am Sonnenstich.

Lustmörder lauern. Haftend hart und heiß
Ist eine Mädchenhand und macht ermatten.
Die kleinen Huren blühen blaß. Im Schatten
Steht statuenstarr ein blinder Bettelgreis.

Und von des Lebens fadem Einerlei
Gelangweilt döst auf schattigem Balkone
Und lauscht dem Lärm entfernter Grammophone
Ein fetter, fauler Papagei.

Friedrich Wilhelm Wagner

An eine frühere Geliebte

So heiße Blicke irrten hin und her.
Und Hände zitterten und schwer
Fielen die Worte in den Lärm der vielen

Verworrnen Stimmen und der Instrumente.
Mir war, als riefen deine blassen Hände
Mich wie dereinst zu süßen Liebesspielen.

Am Rande eines Logikbuches steht:

Freundin – –
Meine Beziehungen zu dir sind seltsam.
Ich liebe dich – –
Soweit ich über dies Leben urteilen kann.
Jedenfalls freut es mich wahnsinnig,
Wenn du mich anschaust – –

Schenk' mir, bitte, deinen blaßgelben Handschuh,
Denn ich bin Fetischist
– – – – –
Und einmal wirst du mich auch sicher küssen.

Oh, deine Kinderaugen.

Kreuzberg II

Wir schleifen auf den müdgewordnen Beinen
Die Trägheit und die Last verschlafner Gierden.
Uns welkten (ach so schnell!) die bunten Zierden.
Durch Dunkliges kriecht geil Laternenscheinen.

Im Trüben hat ein träger Hund gebollen.
Auf Bänken übertastet man die Leiber
Zum Teile gar nicht unsympathischer Weiber.
Die schaukeln noch – wir wissen, was wir wollen.

Du gähnst mich an – in deinem Gähnen sielt
Sich halbverfaulte Geilheit. Hundgebelle.
Und durch das überlaubte Dings da schielt,
In Stein gemetzt, der Bürgermeister Zelle.

Hugo Kersten

Gedicht

Blicke flimmern, und es ist ein Händefalten.
Über deinen roten Strümpfen schreit ein Fetzen Bein.
Rötliche Lichter steh'n verweht zum Fenster herein.
Übern Kopf sind Gesten jäh gespalten.

Signale zucken drüber aus der Stadt
Und tanzen zwischen deinen beiden Beinen.
Mein Mund ist schwer und möchte leise weinen,
Weil er um deine Beine Ängste hat.

Mir tut dein Fleisch weh' in den Fingerspitzen.
Dein Leib ist grell in eine Haut gefangen.
Wie schriller Tag fällst du in mein Verlangen
Und stehst in Lichtern, die durchs Fenster blitzen.

HUGO BALL

Cimio

Ein roter Himmel von Bukarest nach Paris:
Dein Körper ist über und über voll schwarzer Augen.
Wir legen die Hände gegeneinander wie große
Fächer, wenn wir uns lieben.
Dein Blinddarm ist krank, davon bist du sehr gelb.

Fliedersträuße wachsen aus deinen Ohren.
Dein ganzer Kopf ist voll Flieder. Aufgezäumt
bist du mit Flieder.
Deine Augenwimpern zucken und schlagen gleich
Schmetterlingsflügeln.
Deine Nase ist einer Klaviertaste sehr ähnlich.

Tanzende Hände hast du, Töchterchen.
Dein schmales Becken bewegt sich, wenn du an
meiner Seite flatterst,
Sanftsüchtig gegen den Wind. Die großen glühen-
den Frauen liebst du.
In deinem Lächeln lallen Apachenlieder.

In Constanza heulte das Meer deinen Ohren.
Deine Finger stechen wie Dolche klirrende Glis-
sandos in die Luft.
Deine Zunge ist roter Kopf einer Schlange,
brennender Docht einer Lampe.
Auf deinem Schatten, Cimio, purzeln die kleinen Teufel
Wie schnalzende Fische, die man vom Bottich
aufs Trockene schüttet.

Hans Leybold

Ich schlafe

Ich schlafe: aber meine Ängste wachen;
in meine Träume beißen sie sich fest
wie Hunde. Rot grellt ihr Lachen
gleich dem von einer Dirne, die sich kitzeln läßt.

Die Augen schmerzen. Und die Arme zittern;
das Mädchen neben mir ist kühl wie Schnee.
Ich reiße an den Pforten wie an Eisengittern …
– Gib mir die Hand: mir tut die Stirn so weh. –

KURT SCHWITTERS

Poesie

Ich weiß von keiner Liebe nich,
Eins zwei drei, ja Liebe nich,
Ich weiß von keinen Zwein.
Der Teufel soll mich ho-olen,
Eins zwei drei, ja ho-olen,
Wenn ich einen Andern lieb.
Und wenn in Herz und Hirne
Der Sorgen Glut,
Dann legt sichs auf die Stirne
Wie ein Hut.
Von tränenfeuchten Wangen
Ein Strahl des Trostes lacht,
Als hätten sie empfangen.
Hat bald sich heimgemacht.
Er schafft sich wirkend seine,
Eins zwei drei, ja seine,
Der Spötter Witz kann nichts,
Fließen auf Erden auch keine,
Aber ein Kleines hat alles.
Und häuft sich noch so trübe
Ums Herz gebrannt,
Ich weiß von keiner Lübe,
Wie Zuckerkand,
Eins zwei drei, ja Hand.

Ernst Wilhelm Lotz

Deine Hände

Jetzt bin ich lüstern nach deinen Händen.
Wenn sie die meinen begrüßend drücken,
Können sie Weltraum-staunend beglücken.
Deine Hände führen ein selbstgewolltes, stilles Leben.
Ich habe mich deinen Händen ergeben.
Nun dürfen sie mich begreifen und fassen,
Zu deinen Höhen, mit Blicken nach Weiten,
Mich geschenk-gütig heben. –
Spielerisch aber werden sie mich übergleiten
Und am Wege hier liegen lassen.

Heinrich Nowak

Der liebende Knabe

Die Zeit geht durch die Nacht im Uhrenticken.
Auf einen Knabenleib drückt Schwüle schwer.
Und Kraft ergießt sich dann in Augenblicken.
Die Hand fühlt Glieder und gefällt sich sehr.

Bald greift sie in der weißen Decke Brüste.
Aus Dunkelheit türmt sich ein Frauenleib,
Verlockend gibt er jetzt einsame Lüste
Und alle Dinge ringsum sind nur Weib.

Paul Boldt

Frauenfeuer

Die Frauenfeuer, so strahlende Augen.
Das Ornament der Schädel ist symmetrisch.
Das Auge vor dem Hirn blinzelt verräterisch:
Schön ist das Fleisch beleuchtet von den Augen.

Im Jahresdurst. Kein Schrei verläßt das Hirn.
Auf unsern Lippen stumm leuchten sie nackend.
Der Mann stürzt vorwärts mit den Armen packend.
Sein Antlitz krümmt der Schmerz in einen Stern

Aus strengem Licht. Sie aber haben Charme.
Wie Nackende das Lächeln anbehält,
So daß es ihr über die Brüste fällt.

Und folterkräftig ist die Nackte warm
Neben den armen Nackenden gestellt.
Die Fingerglut des Nackten an dem Arm.

Mynona

Als wir seltsam aneinander wohnten,
Wand an Wand, Geliebte, du und ich,
Als wir zärtlich-einsam uns verschonten:
Und du weißt nicht, daß zur Tür ich schlich?

Abend war's, die Fenstertücher glühten
So erinnernd einer fernen Welt,
Dämmerig, zwei schmale Kerzen sprühten
Ihre Flämmchen um dein Bettgezelt.

All das Nackte drang in meine Sinne
Deiner Schimmerweiße lebenswarm,
Mit der Blutgier einer Saugespinne
Schlürfte ich dich aller Reize arm.

Und berauscht mit schwerer Lockung, stille,
Zögernd wieder fand ich meine Statt,
Und mein hungerdunkler Liebeswille
Blieb vom Anblick deiner Süße satt.

Nachtcafé V

Er gibt in weichem Ton von der Verwandtschaft,
von Städten, wo er war – das reicht fürs Knie.
Quer stößt den Stummelstrauß der Gaumen vor.

Der Bürgerpfuhl tritt auf die Bänke aus:
Pack, Pickel, Ehe, Bärte und Medaillen:
viele vier Liter Blut, von denen dreie
am Darm sich mästen: und der vierte
strotzt am Geschlecht.

Die Hure To entkleidet eine Hand:
weich, wie aus Fleisch vom Schoße, angelehnt,
wo sich die Lust befühlt.

Ludwig Rubiner
Friedrich Eisenlohr
Livingstone Hahn

Auf Helgoland

Fred räkelt sich im weißen Ufersand.
Frau Ulla lächelt hinter ihrem Schal.
Vom Stahlmast gibt ihr Mann, der Admiral,
Depeschen. Fred küßt ihr vertraut die Hand.

Nachts öffnet die Geheimtür sich („brillant!“).
Der Gatte präsidiert beim Liebesmahl,
Als Fred geschickt den Chiffren-Schlüssel stahl.
Frau Ulla harrt umsonst im Schlafgewand.

In England baut man flugs zwei Dreadnoughts mehr.
Im Oberhause stürmen die Debatten.
Es hetzt die Presse gegen Deutschlands Heer.

Erregt kauft ganz Europa Panzerplatten.
Fred, der vorm Weltkrieg in die Schweiz entfloh,
Eröffnet ein Spion-Expreß-Bureau.

Paul Boldt

Frauen in den Straßen

Die Schenkelschweife an den Rippen.
Kopfhaft und wie ein Kuß gebaut,
Gleitest du dunkle Unterhaut
Seele: du Blutgestalt mit Lippen.

Der Tag voll Nase, Auge, Zopf
Hat die Magie, mich zu verwirren.
Schönheit zerreißt uns an der Stirn.
Seele küsse mich an den Kopf!

Die Hände, deiner Geberinnen,
Ein Erdlachen oder den Schrei.
Ich habe deiner Hände zwei
Verschluckt, oder du machst mich innen.

Du küßtest mir die blinkende Kalotte

Ich seh dich saugend deinen
Cocktail trinken –
Nowak

Schlosel Schluck
Grüner
Behrens

Franz Richard Behrens

Die Sünde wider die Liebe

Ei
Mensch
Heh
Samen
Troll
Treiben
Wirbelwetz
Südgrünchen
Lein
Sosonne
Trifft trifft

Alois Klimke

Freibad

Die tausend Weiber wälzen ihre nackten Reize
In die Schlingen brauner Männerarme.
Ein Triton, mitten in dem Schwarme
Schwängert unter Wasser eine Nereide.

Zähne reißen an dem Fleisch der Brüste,
Fäuste stoßen zwischen Schenkel,
Schrecken Myriaden toter Enkel
Aus dem Schlaf der Ungeborenheit.

Die Männer saufen gierig von dem Wasser,
Auf dem die Brunst der Weiber zittrig loht.
Liebespärchen lecken sich die Mäuler rot.
Blicke kitzeln zärtlich wache Steiße.

Alexander Bessmertny

Am Ende

Mit mir schritt mein Schwert,
Mädel trug das Pferd.
Lied floß aus der Flöte
Und die Sonnenröte
Sprang auf meinen Herd.

Krücke ward mein Schwert,
‚Dirne' heißt das Pferd,
Zum Gequäk der Flöte
Paart sich Frosch und Kröte
Auf dem kalten Herd.

Franz Richard Behrens

Möglich

Lieb
Halte weh
Grüner
Unter unterlassen
Lieb
Früchte
Grüner
Weisel machen weiss
Lieb
Schlosel Schluck
Grüner

Heinrich Nowak

For a dancing girl

In dieser Bar soll mich die Nacht begrüßen!
Ein Rag-Time wird mich durch das Leben werfen;
Ich möchte schlanke Mädchenbeine küssen.
Im Fieber zittern aufgepeitschte Nerven.

In deine Arme wird mein Denken sinken – –
Mein Mund spricht lallend breit: I love you, Miss!
Ich seh dich saugend deinen Cocktail trinken –
My darling, little dear, give me a kiss! – – –

Du bist ein Leuchten in empörter Stunde!
Der rote Blutstrahl einer süßen Wunde – –
Du bist die Nacht, die mich in sich verwebt,
Du bist der Tag, der mich zum Himmel hebt!!

Franz Richard Behrens

Kanonenkuss

Trinke Sand
Trete Licht
Wiese Sand
Beblättern
Entsamen
Schmettern armen
Länder fahnen Brüder
Galgen küssen

Edgar Firn

Pedantisches Liebeslied

Ich längst verstorben abgezehrt Skelette
Erkieste mir dich, schlank-charmante Maid.
Verehrte dir Asant und Amulette
Und hüllte dich in fesches Büßerkleid.

Wir hielten uns äonenlang umschlungen.
Ich band mir zwar derweil bereits den Schlips;
Hingegen du trainiertest Lipp' und Zungen,
Noch ungewohnt des Gymnospermen-Flips.

Du küßtest mir die blinkende Kalotte.
Ich hakte mir den Unterkiefer aus
Und klemmt' ihn dir (o gräßliche Marotte!)
Verliebt ums Bein;–: makabrer Wonne-Graus!

Fried-Hardy Worm

Kopf zwischen den Beinen

Morgens.
Herz tropft in lässiger Angst unter atmender Brüste Wellenschlag. Stampfstoßender Pulsschlag.

Mittags.
Ich bin sehr unbekümmert. Menschen, im Blitzlicht meiner Gedankenkamera schrumpfen zu vertrockneten Mumien. In meinen Augen rastet blinzelnde Gemeinheit.

Abends.
Grellgelber Wüste Augenquälen. Feuersbrunst trockner Begierde. Ich werde einen Aufklärungsfilm schreiben.
Meine Sinne schwimmen in schäumender Fülle von Weiberschenkeln.
Ich höre den unangenehmen, kreischenden Ton lustschüttelfrostiger Zähne.
Ich bin ein Seismograph.

Franz Richard Behrens

Unausgeschöpft

Leuchten
Samen
Leuchten
Samen
Leuchten
Bezeug
Samen

'ne Jungfrau ist ein süßes Stückchen Fleisch

Jungfraun platzen männertoll
Wagner

Scharf stehen stillen Leibes
mädchentoll
Behrens

Mynona

Ein Mädchen wähnt, mit sittsamer Beschämung,
Es liebe sie ein Jüngling sondergleichen;
Gesteht's der Mutter; die macht Fragezeichen
Und wirkt auf ihre Phantasie mit Lähmung.

's Mädel versucht der Leidenschaften Zähmung,
Ergeht sich stöhnend unter deutschen Eichen,
Jedoch Begierden mögen selten weichen,
Indifferenz ist meistens nur Verbrämung.

Der junge Mann erfährt's, er macht ihm Spaß,
Er ist frivol und taugt nicht einen Heller:
Da Mädchen, wie er weiß, nicht lang sich zieren,

Lädt er sie heimlich ein zum Abendfraß;
Ein Freund ist da, sie trinken Muskateller,
Die Maid sinkt hin – der Freund und er halbieren.

Alfred Richard Meyer

Lied zur Laute

Dein Nabel hat viel Klüfte,
darin mein Mund sich gern verirrt,
Lupinen-, Veilchendüfte,
durch die mein Kuß so selig girrt.
Mir ward dies liebe Gärtneramt,
der Beete Seidenflaum und Samt
    halt ich in Hut und Wacht
        jede Nacht.

Dein Nabel ist ein Becher,
zwar nur ein Schluck für einen Zwerg,
doch Lippen werden Zecher
des Liebestranks am weißen Berg.
Wie Bernsteingold glüht drin der Wein,
so trunken soll der Abend sein,
    daß keinen Stern ich seh.
        Evoë!

JAKOB VAN HODDIS

Tanz

Ein kleines Mädchen mit gebrannten Löckchen
In einem Hemd ganz himmelblau –
Die bloßen Beine trippeln ohne Söckchen.
Sie singt: „Ach, tu mir nichts zuleide!
Auch Du! heut wird ich Deine Frau!"

Dann tanzt sie gierig und mit Chic
Zu einer holprigen Musik.
Und durch den Wirbel blauer Seide
Siehste den jungen Leib genau –

FRANZ RICHARD BEHRENS

Die Niederlage der Sünde

Flamingos sprühen Geschmeide
Gliedern
Pfauen Regenkühle
Funkelnde Sterne gattinnen
Terrassen
Seiden
Gürteln
Lampen
Licht
Mädchenfüsse

Alfred Lichtenstein

Der Kavalier

Ein Kavalier ist unterwegs.
Noch sind ihm viele Mädchen Keks.
Noch ist ein Abend süß und lieb.
Ein Kavalier ist in Betrieb.

Bei Tage scheint die Sonne schön.
Ein Kavalier will sterben gehn:
Ein Kavalier hat seiner Braut
Die letzte Jungfernschaft geklaut.

Mynona

'ne Jungfrau ist ein süßes Stückchen Fleisch,
Sie selber freilich glaubt nur an die Seele,
Sie fühlt der Liebe innerste Befehle,
Versteht sie aber nicht und stößt Gekreisch

Aus, wenn der Jüngling lüstern sagt, er heisch'
Nicht nur die Psyche, nein, auch was sie hehle
So keusch im Kleidchen – ach! das gibt Krakehle!
Sie klagt's der Mutter. „Das wär' ja was Nei'sch"

(Sie spricht, dem Reim zur Liebe, gern Idiom) –
„Darum hätt' ich mit Schmerzen dich geboren,
Daß so ein Lümmel – mir vergeht die Puste!"

Sie gibt der Jungfrau zur Beruh'gung Brom.
Der Jüngling hält sich für total verloren. –
So ist die Jungend. Helf' ihr Gott! Ich pruste.

Hugo Kersten

Frauen

Frauen? Das sind so Dinger für das Bett;
mit blanken Knieen, Lust der Fingerspitzen.
Sie tragen süße Düfte im Corsett,
die unsere Nerven angenehm erhitzen.

Wir mögen sie, weil ihre Brüste blank sind,
vom Ruch der Oberschenkel leis umwittert,
und weil wir ganz vernarrt in ihren Gang sind,
in dem bei jedem Schritt Erwartung zittert.

Wir mögen gern, daß unsre Hand verwöhnt
um ihre schönen Hüften zärtlich streichelt
und daß ihr sinnlichpraller Leib, verschönt
durch krauser Haare Schatten, uns umschmeichelt.

Man findet sie in jeder Bar in Haufen.
Und ihre Achselhaare riechen sehr
nach schönen Nächten. Die kann man hier kaufen.
Sie kosten zwanzig Mark und manchmal mehr.

Das Begräbnis

Der Himmel zeigt ein fahles, bleigetöntes Angesicht
Und will mein Herz in todesmühe Schrecken jagen;
Verzagt laß ich den Blick auf hohe, feuchte Dächer gehen,
Die heute mehr als sonst nach tristen Dingen fragen.

Ich mische mich in Haufen ungewohnter Leute,
Die hoffen, ein Begräbnis wohlgemut vom Bürgersteig
zu erschauen.
Bald steh ich beengt und eingeschlossen in dem dichten
Knäuel
Von unbefleckten und mehr deflorierten Frauen.

Schon knarrt der Leichenwagen schwarz vermummt an
uns vorbei,
Umwölkt von Kränzen und rührsel'gem Musikantenblasen.
Ergriffen folgt ein alter Krieger mit dem Atlasordenkissen,
Und weiche Frauen putzen heimlich tiefgerührt die Nasen.

Doch mich durchglüht ein hohes Lustgefühl von Leben,
Sieg,
Da sich ein schwarzes Mädchen an mich drängt in dem
Gewühle,
Und glühend heiße Wünsche ihres sehnend schlanken
Körpers ich
Durch ihre angespannten, lilafarbnen Kleider fühle.

Franz Richard Behrens

An die Füsse der Geliebten

Lilien streuen linke Lichter
Rechte Strahlen rosen Tanzen
Knien leuchten Küssen
Stehen
Scharlachsandalenschnee
Fliessen
Märzbirkensonne
Flattern
Tempelwiese

Friedrich Eisenlohr

Gare St. Lazare

D-Züge schwirren, die wie schlanke Pfeile
in einem Herzen zuckend stecken bleiben.
Und Menschen quellen, die in scheuer Eile
die heißen Leiber aneinander reiben.

Ein bleiches Mädchen geht verhetzt und still
mit einem Fremden weg, der es verführt.
Und Straßenbahnen singen hoh und schrill,
vom Schrei'n der Autobusse sekundiert.

Und rings drängt aus dem aufgewühlten Meer
der Straßen drohend sich die Stadt hervor,
und glotzt wie ein in Stein gehau'nes Heer
von Sphinxen in die trübe Nacht empor.

FRIEDRICH WILHELM WAGNER

Ballon

Ein Ballon bewegt sich leise.
Menschenhälse strecken sich.
Tramways stürzen aus dem Gleise.
Droschkengäule töten sich.

Auf den Dächern tanzen Greise.
Jungfraun platzen männertoll.
Ein Ballon bewegt sich leise,
Lächelnd und sehr würdevoll.

Franz Richard Behrens

Preussin

Jener kleinen, tapferen Schaffnerin der Linie 0

Frühabend herzen Sonnenrasen
Sang bleichen Wangenweisse
Strohe Augen blauen struppig Heu Resede
Silberkleiner Birke graue Borke grüne Borte
Trockner Wind strampelt braunstrolchenden nackten
  Bach
Im Wettermeer stelzen stahltrunken Feuervögel
Scharf stehen stillen Leibes mädchentoll.

Alfred Lichtenstein

Mädchen

Sie halten den Abend der Stuben nicht aus.
Sie schleichen in tiefe Sternstraßen hinaus.
Wie weich ist die Welt im Laternenwind!
Wie seltsam summend das Leben zerrinnt …

Sie laufen an Gärten und Häusern vorbei,
Als ob ganz fern ein Leuchten sei,
Und sehen jeden lüsternen Mann
Wie einen süßen Herrn Heiland an.

Paul Boldt

Badende Mädchen

Einmal gezeugt. Aus Haar und Zehenspitze
Fliegen die Rücken, Knie, Bäuche, Nacken.
Und händchengroß entfliegen rote Backen.
Der Antlitzstern zerfliegt in Handantlitze.

Zu der Figur flattern hinaus Neufrauen.
Das Licht zerstreut Bauch-Bild und Brüstefältchen.
Im Sand beisammen leuchtet Muskelwäldchen,
Zopf-Zoppot, jung mit Näbeln, Kinn, mit Brauen.

Mynona

Du bist so wundernackt, als scheine
Ein lichter Engel mir der Schmach,
Das bleiche Leuchten deiner Mädchenreine
Hellt linde mein verschattetes Gemach.

Ich habe um das Schimmern deiner Hüften
Den Ring der Arme warm und weich gedehnt,
An dir entlang geschmiegt, mich in den Düften
Von Hals und Busen wollüstig zersehnt –

Und Aug' in Auge durstig eingeschlürft,
Hat Leib aus Leib wie tief aus hohlen Schächten
Das dunkle Gold der Liebe aufgeschürft
Weinender Wut in blinden Wonnenächten.

Bibergeil

Edgar Firn

Bibergeil Pedantische Liebeslieder

I.
Wie liebt ich dich so wild und so korrekt
in jenem Wald der dunklen Pithyusen,
als irr dein Mund auf exaltiertem Busen
mich teils geküßt, teils gierig aufgeschleckt!

Wie wühlte ich in deinen Prachtkorsetten,
darauf Astartens Sinnfiguren glühn,
und wie beglitten unsre Zigaretten
die Probenacht honett und misogyn!

Nichts irdischer Kosmetik kann sich messen
mit deines Schenkels Vermouth-Cantilene.
Dein Hündlein selbst verlangt nichts mehr zu fressen,
seit es das Blut geschmeckt aus deiner Vene.

Ich möchte dich mit Himbeersaft begießen,
vermischt mit seidnem Pfeffer von Cayenne.
Ich möchte dich im Schlummerpunsch genießen
und schlürfen wie die Auster von Marennes.

An dich nur denk ich, wenn in meinem Bette
die kleine Singhalesin hold für mich entbrennt.
Von dir begehr ich eine künstliche Doublette
mit zarter Haut aus dünnem Pergament.

II.

Mir träumte einst in sanften Frühlingswinden,
als ich mir jäh das Fußgelenk verstaucht,
ich müsse dich in jenen Lüften finden
exakt und zuverlässig hingehaucht.

Wir treten sehr diskret durch deine Zimmertüre;
dich kleidet zur Genüge schon dein linker Strumpf.
Der Küsse süß-pneumatische Geschwüre
verteilst du sorglich mir auf Bein und Rumpf.

In fahler Nacht geheimnisvollen Schauern
ertönt des Mondes dünner Meßgesang.
Ein seltsam Schluchzen dringt aus morschen Mauern.
Dein Hals wird grau und kilometerlang.

Du stahlst mir meine silberne Pistole
und schossest mich, parbleu!, in meinen Schlips.
Doch lagen schon bereit auf dem Console
dein Nachtgebetbuch und die Everrips.

Ein Faun schlich sich ertappt aus deiner Unter-
    wäsche:
Ich zeigte mich darob gar sehr verletzt;
doch du, versöhnlich, batst um eine Lustkalesche
zum Lotospark, den du so sehr geschätzt.

III.
Wie traulich hört ich deine Bauchaorta schlagen,
als ich an deiner Neugeburt nahm teil!
Du streicheltest mit meinen neuen Kragen
und parfümiertest dich mit Bibergeil.

Du lehrtest mich geheime Technizismen,
die Trommel und das große Alphabet,
als deiner Locken kühngeschwungne Prismen
in deinem Trance verschwanden vom Tapet.

Ich schickte klug dein Blut zur Analyse,
genoß es dann in Kaffee (so im Traum).
Du botest mir das stachlige Gemüse
und blaues Fleisch von einem Feigenbaum.

Dich interviewten sämtliche Gemeinden
in unsrer jüngst entdeckten Totenstadt.
Du warst so groß! selbst meinen ärgsten Feinden
gewährtest du erheblichen Rabatt.

IV.

Du tanztest vor dem Großmetropoliten,
du tanztest vor dem Kaiser der Chinesen,
nachdem von deinem Körper ich die Parasiten
ernsthaft gesucht und hilfreich aufgelesen.

Voll Wehmut noch gedenk ich deiner Taille,
an der mein Mund das Köstlichste genoß;
derweilen du, geliebteste Canaille,
mit einem Satze saßest hoch zu Roß.

Du bliest den Teufel einst durch deine Lippen,
und fast geruchlos wuchs der Bauch ihm zu.
Du flüstertest, nah seinen gelben Rippen:
„Oh du! oh du! nur du bist mein Bijou!“

Ich sah dich gestern tot in der Terrine,
aus der ich schweren Punsch mir eingeflößt.
Sehr brünstig schrie des Teufels Konkubine,
der schöngefleckten Haut zum Teil entblößt.

V.
Du schläfst so sanft auf deinem Stempelkissen.
Die Affen in der Konstruktion der Luft
erklettern den Zenith in morschem Duft,
bis diese Welt aus ihrem Leim gerissen.

In deinen Magen flieh'n betörte Motten
und weben dort obszöne Gobelins;
ein Ehebruchs-Detektiv, hartgesotten,
erlag dem Dolch des Kaufhaus-Mannequins.

Es starrt der Derwisch bleich und unablässig
auf seines Nabels hypogenen Punkt;
und der Hoteldieb, complaisant-gehässig,
aus Nagasaki der Geliebten funkt.

Im siebten Stock erschien vorm Küchenfenster
das Luftreptil als dubiöses Omen.
Beim Two-step anatomischer Gespenster
starb man gelassen unter Hirnsymptomen.

Dient man als Fraß den feinsten Botokuden?
Der Gourmandise schöner Krokodile?
's ist einerlei. In alten Kirmeßbuden
steh lieber Kopf auf einem Billardstiele! –

VI.
Dein Tanz entsproß noch jener Onyx-Schale,
die wir gekauft auf türkischem Bazar,
wo auch in einem separierten Saale
dein Schenkel (Gipsmodell) zu sehen war.

Dein Kniescheiblein war grenzenlos persönlich,
der Rest dazu fast nur ein Kommentar ...;
es klang gespannt-vibrierend und versöhnlich,
wenn man es klopfte mit viel Geld in bar.

Ich hörte kompetente Kavaliere
hymnisch verstört lobsingen deinem Akt;
man hob hervor, daß deine Kniescharniere
sich anbequemten dem abnormsten Takt.

Du wolltest mich geheimnisvoll verlocken
dich zu begleiten (spät, nach Schluß der Bar);
mich dauerte der zarten Gonokokken
so grausam protargol-gehetzte Schar.

VII.
Du liebtest einst den eckigen Assessor
mit Schmissen reich autoritätowiert,
hingegen ich, als alternder Professor,
zu glasig war, geschmeidig facettiert.

Ach, jener Herr erlag dem Schwarm Karduchen,
der ihn – Verirrung! – sträflich übermannt.
Ich bat das Sternenbild des Ophiuchen,
dich herzuzaubern scheu und larmoyant.

Doch du erschienst in bläulicher Perücken,
ein Bändlein drin aus neckischem Velour.
Mein Oheim fand auch dieses zum Entzücken
und streichelte dir Schenkel und Frisur.

Du wurdest mild, charmant, betörend, lauernd,
umwandest mich mit kühlendem Flanell.
Ich küßte dich vampyrophob erschauernd
auf deiner Wangen skeptisches Pastell.

VIII.
Wir saßen im Café, im erz-bizarren,
umwallt von salzig zuckender Musik,
bei Cocain-Omelette und Paprika-Zigarren
und lila Palmenwein von Mozambique.

Du saßest da wie phrygische Keramik.
Dein holder Busen zierlich und konvex
verriet von der verhaltenen Dynamik
(oh!) deines Leibes nicht den kleinsten Klex.

Du glotztest mir berückend in die Augen,
dummschlau verblendet und voll Dämonie;
und Chrysoprase blitzten, mich zu saugen
bestrebt, voll zweifelsfreier Sympathie.

Wir seufzten herbstlich, ratlos, doch entschlossen. –
Dein Lächeln schien jetzt wie kopiert nach Rops. –
Wir sehnten uns nach starken Feuerrossen
und sausten heim daktylischen Galopps.

IX.

Du bist mit großer Vorsicht zu genießen
und traumhaft kitzlig bis zur Apathie.
Aus deinem Zünglein nur mag noch entsprießen
natriumlicht-gedämpfte Frenesie.

Ich preßte dich behend mit meinen Muskeln.
– Andeutungsweise krachte dein Skelett. –
Derweilen du mit läppischen Minuskeln
auf Körperteile schriebst manch Etikett.

Ich liebte dich so gräßlich und so wild,
sogar bereit zu x-belieb'ger Tat.
Noch heute figuriert dein Röntgenbild
auf meinem Schreibtisch (Marke „Diplomat").

X.

In einer Bar wollt ich dich jüngstens rühren
mit buntem eis-geheiztem Alkohol
zu spenden deiner Brüstlein-Konfitüren
lukullisch-herb verlockendes Idol.

Oft möchte ich Aal und blonde Käserinden
mit mancher Puppe gern soupieren geh'n.
Fast monogam jedoch könnt ich empfinden
bei dir allein, mein Weib κατ᾽ἐξοχήν

Dich lieb ich nach bewährtester Schablone
mit anspruchslosem lyrischen Gebell.
Du flüsterst wirr in agaçantem Tone
und karessierst mein mürrisch Naturell.

Man regte an (uns schien das kannibalisch):
„Seid doch gescheidt! bedenkt: es naht der Lenz!"
Wir, brav, absichtlich (zwar banal –) moralisch,
entschieden uns für strenge Abstinenz.

XI.
Du ißt Konfekt, behutsam und exakt
das Pseudo-Göttliche in dir ertötend,
ingrimmig leer, null, innerlich zerhackt,
jedoch seraphisch-seriös errötend.

Ich möchte beinah' jetzt von der Palette
dir bunte Zeichen auf den Körper tupfen,
beziehungsweise liebreich mit Pincette
und Bistouri dir deine Haut zerzupfen.

– – Du scheinst sehr strapaziert nach heft'gen Ritten.
Dein Näschen wird zum Hochfrequenzgebläse.
Und von Langustenschwänzen jäh durchglitten
gluckst froh dein Schlund voll eitel Mayonnaise.

XII.

Man sieht dich gern im Halbprofil von hinten
als lehrhaft kallipygisches Gestell.
Dein Wunderhemd, bemerkenswert absinthen,
hüllt liederlich dein amüsantes Fell.

Meuchlings verliebt blinkt quer an deinen Knieen
des lispelnden Parfüms Theorbenton.
Ich suchte tief ihn in mich einzuziehen
und riet dasselbe meinem jüngsten Sohn.

Gleich großen leicht versalz'nen Spiegeleiern
stehn deine Äuglein fromm an deiner Stirn.
Oh Himmel, du begannst ein Lied zu leiern
und plättest stracks mein fas'riges Gehirn.

In meinem Hirne fristeten Narzissen
und Tulpenzwiebeln schlichte Existenz.
Wie Meerrettich hast du's brutal zerrissen,
geliebte Frau, in süßer Indolenz.

XIII.
So liegst du da: herzinniglich ermordet,
noch hämisch zuckend mit dem linken Bein,
das Antlitz starr, abgründlich überbordet
durch wüste Locken, stilisiert. – Sehr fein.

Dein Kehlkopf scheint (akustisch) mir zu strahlen,
schwachsinnig gurgelnd mit Madeira-Creme
in derb outrierten Wollustgutturalen. –
Ich überdacht ein gnostisch Theorem. –

Du rührtest mich mit deiner herzhaft kalten
leblosen Haut mit spöttischem Elan,
zerstörend mir die schönen Bügelfalten
meines Pyjama smart und bleu-mourant.

Tsingtara! Da ist ein langes Blasinstrument

da wo die dicken Damen ringen
Kanehl

Da werden geil die ältesten Sündenböcke
Ball

JAKOB VAN HODDIS

Loge

Ein Walzer rumpelt; geile Geigen kreischen;
Die Luft ist weiß vom Dunst der Zigaretten;
Es riecht nach Moschus, Schminke, Wein, nach fetten
Indianern und entblößten Weiberfleischen.

Fried-Hardy Worm

In der Artistenkneipe

Meine Blicke,
seit gestern ein frohes Farbenspiel,
ruhen matt auf den strammen Brüsten
einer mir unbekannten Frau.

Langsam, sichtbar ennuyiert,
schwimmend in Skepsis,
beginne ich, sie zu entfalten.

Sehr froh,
keine Seele suchen zu brauchen,
begnüge ich mich mit dem Streicheln
schwammiger Schenkel.

Madame tätschelt ihren Hund,
dem die Zunge beschäftigungslos zum Maul heraushängt.
Madame raucht eine Zigarette.
Madame gibt dem Ober ein Trinkgeld,
erhebt sich rauschend und geht.

Die Spielereien eines gelangweilten Affen
beginnen nachgerade, mich zu interessieren.

Oskar Kanehl

Tingeltangel

Durch dicken Qualm von Zigaretten
bricht peinlich blechernes Gekreisch
schon etwas älterer Soubretten,
und Flitterzeug und nacktes Fleisch.
Von Tisch zu Tisch geh'n bunte Schneppen,
salzmagere und busenschwer.
Ankratzen, kitzeln, kneifen, neppen.
Kommis, Zuhälter, Militär.
Um einen alten Kahlkopf schwärmen
sie wie ein Geiervolk um Aas.
Geilheit schwitzt ihm aus den Gedärmen,
geschmeichelt schenkt er jeder was.
Die Stimmung steigert sich aufs höchste.
Sie fangen schon an mitzusingen.
Wat meenste, Franz, nu mal int nächste,
da wo die dicken Damen ringen.

MYNONA

Drei schöne Mädchen tanzen splitternackt
Chopin, Beethoven, Bach und Richard Strauß,
Und in dem pfropfenvollen Opernhaus
Klatscht bravo man, bis jeder Handschuh knackt.

Aus einer Fremdenloge (wie vertrackt!)
Schaun greise Lebemänner weit hinaus,
Sie schmeißen Lorbeerkränze (ei der Daus!),
Besonders einer fühlt sich tief gepackt.

Er schwingt sein Bein über die Logenbrüstung,
Er will zur Bühne fliegen und verliert
Sein Gleichgewicht; am Frackschoß hält man ihn,

Doch rutscht er aus des Frackes edler Rüstung, –
Er stürzt ins Publikum und ramponiert
Frau Meier tot. (Die Tänzerinnen schrie'n).

Ludwig Bäumer

Im Varieté

Aus dem leeren Parkett ragen die Stühle
Wie schmutzige Stümpfe vernachlässigter Zähne,
Irgendwo riecht es wie Sägespäne,
Jäh verschluckt von dem dampfigen Gewühle.

Der feierabendlichen Menge, die freibillettet
Sich aus Schals und Gestricktem schält,
Sich vollbusig, ellbogenkräftig strählt
Und gegenseitig zum Eingang plättet.

Nun haben die Stümpfe sich plötzlich verlängert,
Der Saal liegt ein zahnbesäter Rachen,
Und aus den Reihen steigt ein Lachen,
Prophylaktisch-lüstern, verdauungsgeschwängert.

Ein mageres Weib, vom Leben zerfressen,
Speit seinen Haß in die lechzende Menge,
Lautlos labt sich das Fleischgedränge
Vampyrgleich an den blutigen Späßen.

Der Vorhang fällt. – In das schwüle Nochschweigen
Grellt eine Bogenlampe Licht. –
Der Rachen schweißt nach dem fetten Gericht,
Dann lärmt er in das höhnische Neigen

Der nochmals Entblößten sein wieherndes Mehr – – –
Und sie holt aus dem Schlund ihrer Feilheit
Fetzen auf Fetzen johlender Geilheit. – – –
Und glühend atmet der Rachen und schwer.

Alfred Richard Meyer

Die Damen vom türkischen Zelt

Rudolf Leonhard, dem Tänzer, gewidmet

Eigentlich habt ihr doch alle etwas aphroditisches,
wenn's auch nur um die Schönheit eines Achselhaars
  eines Nasenpopels der Göttin ist,
ihr Damen Miezepiez, Schnuckepumps, Stolzensteiß!

ALFRED LICHTENSTEIN

Erotisches Varieté

Auf offener Straße in der Nacht
Entkleidet sich ein Kneipenwirt.
Ein Ingenieur ist aufgebracht,
Der sich bei seinem Weib verirrt.

Nach gleichgesinnten Viechern schielt
Ein homosexueller Hund.
Ein Greis, der mit sich selber spielt,
Merkt: Allzuviel ist ungesund.

In schmutzig grüner Tunke hockt
Ein blauer Syphilitiker.
Ein Boxer bebt. Ein Baby bockt.
Verstiert fault ein Zylinderherr.

Ein Auto bringt ein Fräulein um.
Ein Junge bricht ein Mädchen an.
Verbittert ist ein Mensch. Warum?
Weil er nicht coitieren kann.

Hugo Ball

Cabaret

1.
Der Exhibitionist stellt sich gespreizt am Vorhang auf
und Pimpronella reizt mit roten Unterröcken.
Koko der grüne Gott klatscht laut im Publikum.
Da werden geil die ältesten Sündenböcke.

Tsingtara! Da ist ein langes Blasinstrument.
Daraus führt eine Speichelfahne. Darauf steht: „Schlange“.
Da packen alle ihre Damen in die Geigenkästen ein
und verziehen sich. Da wird ihnen bange.

Am Eingang sitzt die ölige Camödine.
Die schlägt sich die Goldstücke als Flitter in die Schenkel.
Der sticht einer Bogenlampe die Augen aus.
Und das brennende Dach fällt herunter auf ihre Enkel.

2.
Von dem gespitzten Ohr des Esels fängt die Fliegen
ein Clown, der eine andre Heimat hat.
Durch kleine Röhrchen, die sich grünlich biegen,
hat er Verbindung mit Baronen in der Stadt.

In hohen Luftgeleisen, wo sich enharmonisch
die Seile schneiden, drauf man flach entschwirrt,
versucht ein kleinkalibriges Kamel platonisch
zu klettern; was die Fröhlichkeit verwirrt.

Der Exhibitionist, der je zuvor den Vorhang
bedient hat mit Geduld und Blick für das Douceur,
vergißt urplötzlich den Begebenheitenvorgang
und treibt gequollene Mädchenscharen vor sich her.

Die Jungfrau

Jongleure setzen ihre Köpfe ab
Und schmeißen sie hell pfeifend in die Luft.
Die Knochen meckern, wenn mit lautem Klapp
Ein Kopf ins Universum sich verpufft.

... Jetzt Neger, die auf Dromedaren reiten.
Und nun tanzt du in deinem engen Rocke,
Der fixe Klöppel einer mächtgen Glocke,
Die laut zerlärmt die Zulukaffrigkeiten.

Du tanzt vorbei an zitternden Profilen
Verwirrter Antlitze, die dich beschielen.
Du tanzest aus – und gehst allein nach Haus.

Und während weiß sich dehnen deine Lippen,
Wird rot und zottig deinen Leib umwippen
Die Nacht wie eine Riesenfledermaus.

Das Vorstadtkabarett

Verschweißte Kellnerköpfe ragen in dem Saal
Wie Säulenspitzen hoch und übermächtig.
Verlauste Burschen kichern niederträchtig,
Und helle Mädchen blicken hübsch brutal.

Und ferne Frauen sind so sehr erregt ...
Sie haben hundert rote runde Hände,
Gebärdelose, große, ohne Ende
Um ihren hohen bunten Bauch gelegt.

Die meisten Menschen trinken gelbes Bier.
Verrauchte Krämer glotzen grau und bieder.
Ein feines Fräulein singt gemeine Lieder.
Ein junger Jude spielt ganz gern Klavier.

der den Weibern manchmal was reinstößt

GOTTFRIED BENN

Marie

Du Vollweib!
Deine Maße sind nornal,
jedes Kind kann durch dein Becken.
Breithingelagert
empfähest du bis in die Stirn
und gehst. –

EUGEN FERDINAND HOFFMANN

An der Grenze

Hier liegt vergewaltigt, ein starkes Weib.
Mit seinen blauen Kleidern spielt die Welle.
Glotzaugen kriechen über den zuckenden Leib
und fressen aus schwälendem Licht das Grelle.
In den Abgrund zerstieben zackige Möven,
wie von Ahnung zerspießt:
Wir kennen die Tiefen, die uns fressen!
Ein Hund zerrt leise winselnd an der Leine.
Ihm folgten fröhliche Mädchenbeine,
Die buntes Rauschen lächeln umfließt.
Sie schreiten hinweg ob allem Wissen.
Ein Fühlen des Lichts ein Schrei aus der Nacht,
ist's was sie froh oder traurig macht.
Mein wehes Wissen erschlägt mich fast.
Hier sind die Blöcke, hier ist das Mal,
Hier ist die Stätte des ewigen Baal.
Hier leben die Schreie von Millionen Toten,
Die ihm zu Ehren als Opfer lohnten.

PAUL MAYER

Maupassant

‚Ist das alles fertig, gleich in See zu stechen?'
‚Monsieur, die Dame mit den roten Haaren
War wieder da, sie hoffte Euch zu sprechen
– Sehr dringlich schien's – bevor wir angefahren.'

‚Ich hab' genug! Wie kann sie sich erfrechen?
Sie konnte diesen letzten Weg sich sparen.
Salzluft und Meer! Und Küsten, wo Barbaren,
Die braun und stark sind, nicht an Frau'n zu zerbrechen.

Löst jetzt die Anker. Wie die Tiefen rauschen,
Hoch wie der Mastbaum ist mein Mut gereckt.'

Das Land vergleitet schon, Windböen bauschen
Das Segel, hinter dem Renée versteckt.

Er schäumt in Wut. Doch sie umschlingt sein Knie.
‚Wirf mich ins Meer, Geliebter, Bel-ami.'

GOTTFRIED BENN

Alaska

Europa, dieser Nasenpopel
aus einer Konfirmandennase,
wir wollen nach Alaska gehn.

Der Meermensch, der Urwaldmensch,
der alles aus seinem Bauch gebiert,
der Robben frißt, der Bären totschlägt,
der den Weibern manchmal was reinstößt:
der Mann.

Lust

Jeder fällt sich um den Hals
Zu der Zeit des Karnevals.
Und nach alten Münchner Bräuchen
Hörst du ihn vor Lust fast keuchen.

Bis zur Drau, bis zur Sau
Hörst du herzigen Radau.
Wo du deinen Blick hin schwenkst,
Quietscht die Stute, bläst der Hengst.

Ganz nur Pfeife, ganz nur Tute
Lärmen sie durch die Redoute.
Mit Musik und blauem Dunst
Herrscht a kreuzfidele Brunst.

Menschensehnsucht?, dick verdeckt?
Arme, in die Welt gereckt?
(... Mit dem Hin- und Herwärts-Neigen
Junger Körper gehn die Geigen ...)

du bist von hinten wie von vorne

Dann arrangiert Madame ihren Popo
Hardekopf

Und zeigt sich uns von hinten
van Hoddis

KURT SCHWITTERS

An Anna Blume

O du, Geliebte meiner siebenundzwanzig Sinne, ich
liebe dir! Du deiner dich dir, ich dir, du mir, – Wir?
Das gehört (beiläufig) nicht hierher.
Wer bist du, ungezähltes Frauenzimmer? Du bist – –
bist du? – Die Leute sagen, du wärest, – laß sie sagen,
sie wissen nicht, wie der Kirchturm steht.
Du trägst den Hut auf deinen Füßen und wanderst auf
die Hände, auf den Händen wanderst du.
Hallo, deine roten Kleider, in weiße Falten zersägt.
Rot liebe ich Anna Blume, rot liebe ich dir! – Du deiner
dich dir, ich dir, du mir. – Wir?
Das gehört (beiläufig) in die kalte Glut.
Rote Blume, rote Anna Blume, wie sagen die Leute?
Preisfrage: 1. Anna Blume hat ein Vogel.
2. Anna Blume ist rot.
3. Welche Farbe hat der Vogel?

Blau ist die Farbe deines gelben Haares.
Rot ist das Girren deines grünen Vogels.
Du schlichtes Mädchen im Alltagskleid, du liebes grünes
Tier, ich liebe dir! – Du deiner dich dir, ich dir, du mir. –
Wir?
Das gehört (beiläufig) in die Glutenkiste.
Anna Blume! Anna, a-n-n-a, ich träufle deinen Namen.
Dein Name tropft wie weiches Rindertalg.
Weißt du es Anna, weißt du es schon?
Man kann dich auch von hinten lesen, und du, du
Herrlichste von allen, du bist von hinten, wie von vorne:
‚a-n-n-a'.
Rindertalg träufelt streicheln über meinen Rücken.
Anna Blume, du tropfes Tier, ich liebe dir!

JAKOB VAN HODDIS

Die Soubrette

Ein Weibsbild kommt als Jägersmann
Und schießt auf ihrer Flinten.
Und sieht sich einen Vogel an
Und zeigt sich uns von hinten.

Ihr Hintern biegt sich unerhört
Auf Beinen stramm wie Säulen.
Sie singt: „Mich hat die Lieb verstört
Juchhei! im grünen Walde … !“

MYNONA

Im Maleratelier tief nachts erscheint
Ein züchtiges Modell mit üpp'gem Busen,
Das Auge düstert, wie das der Medusen,
Doch zärtlich auch; sie schaut umher; sie weint.

Ich hab mich in Liebe dir vereint,
Ruft sie dem Maler zu – „Wir woll'n nicht schmusen!"
Bricht der sie unter. Sie kann's nicht verknusen,
Sie schimpft: ach je! du bist so ganz verschweint!

„Was!" schreit er, quetscht sie ehern an die Wand an.
Sie wehrt sich nicht, sie läßt es stumm geschehen.
Er preßt zum Flachbild sie, das er fixiert;

Nimmt prüfend hier bald, bald da sein Stand an –
Sein schönstes Werk! Er darf es sich gestehen.
(So ward Pygmalion umgekehrt probiert).

FERDINAND HARDEKOPF

Café

Die Zartheit einer Frau, gelb glimmt der Puder,
Ihr Kleid erregt sich sommergelb
(Wir wollen nächstens, Nekromanten,
Kornduft in facettierte Parfumgläser einfangen!)
– Die schmale Frau begnadet das Café.
Gotische Spitzen, ein Filigrangewirr von Notre Dame,
Übertändeln die Fesseln;
Der schwarze Hut taumelt ein bißchen seitwärts – schräg
zum Marmorschwarz.
Eine Gondel ondulierten blonden Goldes schwebt das Haar.
Madames Kniee knicken –: sie sitzt;
Und nun ziehn die Muscheln ihrer Fingernägel
Zwei, drei Weihwasserwellen
Von den Brüsten bis zu den Hüften;
Dann arrangiert Madame ihren Popo.
Sie ist die edelste der Frauen und nicht lyrisch;
Sie ist auch gar nicht jung und hat in manchem Schlaf-
wagen geträumt.
Sich in grün rollende Fischaugenkugeln versenken und
nur vermuten dürfen,
ist fast ihr Glück –
Ist ein Glück, so maßlos,
Daß der köstliche Atem der Welt
Für sie innehält,
Und dann losbricht, Weststurm auf bretonischem Felsen;
Eine Silhouette herrscht über das Meer:
Höflichen Gischt, weißen Tribut, schleudern die
Wogen zum Herrscher.
Oder wie wenn, nachts, dem belgischen D-Zug

(Der Kondukteur entstieg der galantesten Operette)
Von der anderen Weltseite ein D-Zug entgegenzüngelt,
Und die beiden Schlangen verstricken sich ein paar böse Sekunden,
Und aus ihren Lokomotivköpfen
Brüllt ein zischendes Pfeifen,
Taumeldumpf hingezogen,
Weh gedehnt,
Irr in der Nacht,
Das präzise Heulsignal zum letzten Geisterkampfe,
Ein violetter Schleierfetzen im Nebel,
Ein bös gestreckter Raucharm,
Wegweiser er in keuchende Wege, –
Eine eiserne Klagemusik,
Die im Nebel verrostet,
Im feuchten, rostigen Nebel, –
Das Stöhnen zweier Seelen,
Die, sich ahnend, einander vorbeibluten, –
Das hehre Maschinenkeuchen der Hölle,
Ein langes, banges Röcheln,
Schrill –:
Aus der Tiefe die Litanei
Der Lokomotiven.

Oh, Madame, da wurden Sie glücklich
Auf der straffen Walstatt des wagon-lit,
Auf dieser weißen Ebene der Geisterschlachten!

Durch den Puderschmelz ebbt eine Zärtlichkeit,
Die opalenen Halbmonde ihrer Fingernägel
Verfinstern die korngelben Halbmonde
Ihrer Augenbrauen,
Und sie denken, erschauernd, all der rapiden
Entweihungen Ihrer Mysterien.

Um harte Häuser humpeln Huren hin und wieder

Auf und ab. Auf und ab.
van Hoddis

Und sie nähme mehr
Lichtenstein

ERNST BLASS

Bordell

Der Fünfzehnmarksekt ist nicht zu genießen.
Der Raum sprießt bunt und wie ein Korbgeflecht
Mit Spiegeln, die Blitze von Licht verschießen.
Die Mädchen sind zwar lebhaft, aber schlecht.

Wie Hirsche stark, lautlos und voll Geschrei –
Sie tragen Netze, welche maschig fließen
Um Glieder, die sie uns gern überließen:
Nur eine reizt; auch sie nicht einwandsfrei.

Schlimm stehts, wenn Fraun stören statt zu betören.
O großer Hund, der an dem Eingang schlief!
O bunter Raum, der mitternächtig rief!
Uns ist, als ob wir einem Schiff gehören –

Das wippend uns führe, mit licht am Bug hinaussteuernd durch die Nacht unverwandt,
Ganz schräg über das wolkigblaue, noch dunkle liegende Süddeutschland.

Fried-Hardy Worm

Armrollen

Ganz noch in Erwartung
– meinetwegen wie ein Rehjunges –
Fiebert Spannung in heftigen Stößen
Ihre Hände sind seltsam blau geädert
Lebend
Ein reizvolles Spiel
Ich bin erst fünfundzwanzig, teuerste Dame
Lippen zucken wie Flammen
Der Blick des Kellners sticht lästig
Mein Auge giert nach der Hüfte Schwang
Sie dürfen um vier Uhr kommen
Heute
Ganz allein
Den ersten Duft einfangen
Heute um vier –

Um vier lag ich besoffen in einer Kaschemme
Und schnarchte

MYNONA

Der Fürst von X verreist inkognito. –
'ne Dirne sinnt, wie sie sein Herz stibitze;
Erst siebzehnjährig (blutige Novize).
Der Fürst entbrannte wirklich lichterloh,

Versetzte sich auf niedriges Niveau,
Logiert mit ihr zivil, im Stadt-Hospize;
Erzählt ihr dann intim, er sei Mestize,
Und als sie's glaubte, lacht er schadenfroh.

Verrat! Ein demokratisches Organ
Lüftet's Inkognito: Hurra! Spalier
Bilden die Truppen! – Nur mit einem Handschuh

Entflieht der Fürst. Es wendet sich sein Ahn
Im Grabe um, denn ein Posamentier
Erkennt Durchlaucht und droht ihr mit dem Kantschu.

ALBERT EHRENSTEIN

Morgengebet

Nun sind schon alle Huren müde.
Noch wach im leeren Freudenhaus
wischt sich mit dem verschlafnen Gliede
die Ärmste ihre Augen aus.

O Vater, der Du über Wolken stehst,
an Deinem Menschenvolk sonst hochübergehst,
der uns in lumpige Lust verstieß,
beschütze uns vor Syphilis.

Hans Leybold

Tausend Flöten

Tausend Flöten singen
gleich vielen gelben Nachtigallen
klagend in gedehnten
beinah dunkelblauen Tönen
von roter Liebe, und grüne
grüne Paradiese strecken sich.

Grauweiß die Großstadtnacht.
Der Asphalt glänzt.
Die violette Bogenlampe
singt ihr monotones Lied.

Ein Dirnenschrei
aus einer Bar.

Fried-Hardy Worm

Kopfstand

Großhirn, Schutzmann meiner Lüste, kotzt Wut in
Regenbogenfarben
Warum soll ich nicht auch ein Gedicht machen
Der welke Busen einer Dame mir gegenüber bricht zu Tal
Hoch klingt das Lied vom braven Mann
Gebärmaschine totalisatort
Zweihundertvierzehn zu zehn
Immer heller wird die Begierde zu Lustbrand.
Tuberkulöser Knaben Hände spielen irgendwas
Gegen schiefe Dächer knallt die Morgensonne
Wieder eine Nacht verhurt
Der Leierkastenmann pflanzt schon sein Stelzbein auf
Wer gibt ihm, wer mir
Die Yvonne hat einen breiten Steiß und ist stets giergeplagt
Allons enfants. Wie schrillt die Fahne
In der Gosse schwelt verwester Kohl
Ruhmreich hier zu sterben
In der Nähe einer vollbusigen Plätterin
Als ich noch im Flügelkleide.
Die Laterne winkt
Lag ich nicht lange hingestreckt
An den Brüsten der Toëris
Zähne schlagend in Fleischesfrucht
Wir brannten die ganze Nacht
Ausgebrannt
Ver
Zunge bittert trocken
Ich bin so ganz verschlafen
Und zerschlagen.

Hugo Kersten

Bordell auf Montmartre

Ein rötlichgrelles Licht sticht aus den Birnen
auf sehr verstaubte Polstermöbel runter.
Man bringt uns lauen Sekt, und alte Dirnen
mit breiten Schenkeln werden merklich munter.

Hier warten Frauen, die wie Wachsfiguren
ins Leben schauen, auf Tribadenhüften;
derweil die Schneppen draußen, dicke Huren
noch syphilitisch durch die Straßen düften.

Sie tragen Ylang-Ylang im Jakett
und bringen Herren, die mit Muskeln protzen.
Und sind durchblüht von Spermen und im Bett
atmen die beiden Leiber Schweiß zum Kotzen.

Alois Klimke

Varieté du Nord

An rohen Tischen wird nur Bier getrunken
Von Männern, die schon Frauen haben,
Vom Publikum aus den Spelunken
Und von müden, blonden Knaben.

Und Kellnerinnen, scheele, alte Vetteln,
Lauern müßig, wackeln mit dem reifen Busen.
Und Künstlerinnen, die um Biere betteln,
Möchten mit den Gästen schmusen.

Der Schweißgeruch von fetten Weiberschenkeln
Zuckt durch den Dunst des Bieres und der Zigaretten:
Und Hurenmädchen, die an Lues kränkeln,
Mimen blökend die Soubretten.

Der Herr Direktor geht schlecht angezogen.
Ein dummer Kerl singt freche Lieder
Die Mieze ist, wie immer, sehr verlogen.
Der Mary platzt vor Geilheit fast das Mieder.

Alfred Lichtenstein

Nächtliches Abenteuer

Ging da neulich über den Potsdamer Platz
Um 1 Uhr nachts ein allerliebster Fratz.
Ich sprach die Kleine an mit frecher Stirne:
„3 Mark mein Schatz?"

Sagte, sie sei empört
Und finde so etwas unerhört,
Und sagte, sie sei keine Dirne
Und es sei ihr etwas wert, ihr Name,
Und sie sei eine anständige Dame
Und sie gäbe sich nicht für 3 Mark her

Und sie nähme mehr.

WALTER HASENCLEVER

Tränen am Morgen

Du schwarzer Kater auf dem Mauerrand!
Verwirrt im Schatten lockt dich meine Hand.
Doch eh du mich erkennst, bist du gewöhnt,
Daß man aus Bosheit dich, Geschöpf, verhöhnt.
Wie viele Menschen, krank, verliebt und froh
Liegen im Dunkel ihres Bettes so.
Wie viele Menschen sterben an dem Gift:
Daß man im fliehenden Gestirn sich trifft.
Auch ich kam hier mit einer Dame her;
Doch schläft sie schon. Ich liebe sie nicht mehr.
Da steh ich arm und friedlos an dem Fluß,
Ein Trunkner schimpft mich, weil ich weinen muß.
Da seh ich kleine Gärten in der Nacht,
Im Regenmantel, herrisch und verlacht.
Bis leis im Morgen, durch Gewölk und Spott
Mir niedersteigt der alte Kindergott.

Friedrich Eisenlohr

Les Halles

Aus Fleischerbänken dampfen blutige Flüsse …
Mit einer kleinen Tänzerin in Rot
Waten Betrunk'ne taumelnd durch den Kot …
Und plumpe Weiber preisen ihr Gemüse …

In dunklen Gruppen warten an den Ecken
Apachen, wo verschwiegene Gassen münden,
Wo grelle Dirnen letzte Beute finden
Und rote Lampen frech die Hälse recken.

Und irgendwo geht bettelnd wohl ein Kind.
Und einem sagenhaften Garten gleich,
Ein Brand von Blumen, lodernd, schwank und reich,
Und Düfte, die wie tiefe Träume sind.

Jakob van Hoddis

Draußen

Die Sommernacht ist schwer nur zu ertragen!
Vier Herren gehen mit abgeknöpftem Kragen.
Ein Lackbeschuhter stelzt der Schnepse nach …
Da polterts her – ein langgedehnter Krach:
Der Donner!
Au!
Ist die Reklame plump,
Blitz!
Ein feiner Mensch liebt nicht den lauten Mumpitz!
Das klingt ja ganz als ob der dicke nackte
Weltgeist
Ganz vertrackte Katarakte im Takte kackte.

Oskar Kanehl

Herbstmorgen

In leeren Straßen brennen Sterne und Laternen.
An der Ecke friert ein Polizist.
Arbeiter hämmern hart am Schienenstrang
bei Fackelfeuer. Vor ihrem Munde
steht der weiße Hauch.
Ein Herr drängt seine Balldame in den Flur.
Zwei Schatten kleben an der Tür.
Ein Obdachloser huckt am Haus und schläft.
Betrunken rülpst einer Schimpftöne
auf einen Gegner, der nicht da ist.
Ein Moralischer schmeißt seinen
Mageninhalt an die Luft.
Ein weißer Kerl klebt Zettel
an die Anschlagsäulen.
Die Huren liegen schon zu Bett.
Irgendwo (ein Bäckerjunge) pfeift:
Ich bete an die Macht der Liebe.
Tip tap tuckelt eine Droschke
zum Hauptbahnhof.

FERDINAND HARDEKOPF

Das Bar-Sonett

Gazellenscheu im Wüstenbrand der Lüste,
Erzittert sie vor der gesuchten Gier
Und lockert sich dem guten Elixir,
Mit dem sie viel zu übertäuben wüßte.

Dann trägt sie, sehr erfahren, Bar-Manier,
Die Irrlicht-Augen, Muschelglanz der Brüste,
Sich-Praxis, küssende und wundgeküßte,
Geschäftlich zum Geschäftsmann: „Cavalier."

„Wer sind Sie? Opfer oder Henkerin?
Wie lügen Sie? Wie werden Sie belogen?
Was geben Sie? Was gibt man Ihnen hin"?

Aztekisch ist ihr das Profil gebogen.
‚Man kennt mich doch. Bestellen Sie mir Gin!'
Sie faltet sich dem Paradies der Droguen.

Ha Hu Baley

Der blaue Abend

Es wettert Lichtkomplex vom Himmel auf die Straßen,
Aus Fensterfronten wandeln hoch die blauen Huren.
Oh holde Stunde sanfter Mädchennasen,
Oh Unisono und Zusammenklang der Turm- und
Taschenuhren!

Der Mond steigt in die Rundung metaphysisch höher,
Ein Pferd macht müde sich's bequem in einem Vogel-
neste,
Verzückt entschwebt dem Volk ein violetter Seher,
Und schwarzer Violinklang tönt aus dem Asbeste.

Glasbläserei und Kuppel weißer Bögen,
Wölbt hoch euch aus dem Lichtkreis dieser Stadt!
Es ist, als ob aus Finsternis viel Tränen zögen
Und kranken Gottes Haupt erglänzet matt.

Es lehnen sich die Häuser blond zurücke.
Sind Türme weiße Engel, die entschweben.
Vom Himmel stürzt zur Hölle eine Brücke,
Auf der die Toten händeringend kleben.

Paul Boldt

Der Primäraffekt

Jemand, den Kopf in Mädchenknien, sagt:
Daß deine Schenkel früher zu mir kamen.
Wie Krähen fraßen Huren mich Einsamen.
Immer war Winter. Ich bin angenagt!

Dein roter Mund, ein Nest voll weißer Küsse,
Ist unerreichbar nah. Du bist so keusch.
In meinem Herzen da ist ein Geräusch,
Als ob es röchle und ersticken müsse.

Albert Ehrenstein

Fluch

Unerhört zu überwintern!
Fern schwingt sich ihre Brunst im Tanz
mit einem zahlenden Hengst.
Ich friere kalt.
Und doch,
was schiert mich Spalt
der grellen Dirnen,
oder einer Alten
beleidigter Hintern?
Ihr heget in Liebe
die adrettesten Hündchen;
möge ein Nashorn
euch Haarweibern
die Brusthaufen zertrampeln!

Friedrich Eisenlohr

Monico

Aus teuren Pelzen quellen weiße Leiber,
geschminckte Köpfe mit getürmten Haar,
erregte Männer klatschen an der Bar
zum geilen Tanz lesbisch-umschlungner Weiber.

Auf blanken Seidenhüten zittern Lichter,
und blinzelnd musizieren rote Fräcke,
verschwommen zeichnen sich, wie fahle Flecke,
ins Rot der Logen trunkene Gesichter.

Wie gierige Augen funkeln an den schlanken
verwelkten Dirnenhänden breite Steine,
und zwischen leeren Flaschen tanzend, schwanken
auf irgendeinem Tische nackte Beine.

Jakob van Hoddis

Nacht

Und Schmock im Rock
Und Mann im Bart,
Jetzt in der Bar
Zu Paaren gepaart
Und bunter Plunder
Und Strümpfchen verflucht
Seid ihr das Wunder,
Das ich heut gesucht?

Wir suchten auf Straßen
Auf und ab. Auf und ab.
Wir standen und saßen
Und liefen im Trab.
Ganz über die Maßen
Erwartungsvoll.
Jetzt ist das Lokal verjohlt und voll.

Friedrich Wilhelm Wagner

Bummel

In Autos steif die stolzen Offiziere.
Die schmalen Mädchen schmachten augenweit.
Geil gelle Geigen. In Cafés. Bei Biere
Und Zoten macht das Bürgerpack sich breit.

O Lächeln lockend lieblicher Kokotten!
Ein Weib verwelkt. Ein Jüngling sehnt sich sehr.
Die Sonne hat den Himmel rot gesotten.
Ein Schweigen schwillt und macht das Dunkel schwer.

HEINRICH NOWAK

‚Ausg'steckt is'

Der Tag ist tot und liegt als Leiche da.
Die Kerzenlichter wollen vom Abend naschen,
Vier Männer in der Ecke singen, paschen
Und spielen Süßholz und Harmonika.

Die Menschen plärren mit und wollen spaßen.
Froh bohrt ein Herr die Hände in die Taschen
Ein Mädel schaut verklärt auf leere Flaschen
Und will sich an die Brüste greifen lassen.

Der Eros kriecht aus einer Blätterdecke,
Besauft sich an Gemüt und Wein und prahlt,
Singt gröhlend: ‚Wienerwald, o Wienerwald …'

Zum Spaß will er sich rasch den Mond noch fangen
Und ist auch schon mit einem Weib gegangen.
Schreit: ‚Servas' und verschwindet um die Ecke …

Ernst Blass

„Then you'll remember me ..."

Arthur Kronfeld in Freundschaft gewidmet

Der Stadt verhängtes Geländ
Ist wolken-stumm und verwaist,
Vielleicht, daß euch Regen umbrennt
Und auf Straßen in Stücke zerreißt –

War Wehmut groß in mir zumeist?
Vielleicht, daß jemand mich nennt,
Wie Musik in Cafés ihn umkreist,
Ihn des Sommers umraunt und umrennt –

November: ein Spuk, welcher gellt
Und die schwarzen Straßen verstellt
In giftger Gebäude Welt –

Um Verse von mir wissen Huren
Schon heut, mit geträumten Figuren
Und kostend vieles Geld.

ALFRED LICHTENSTEIN

Die Nacht

Verträumte Polizisten watscheln bei Laternen.
Zerbrochne Bettler meckern, wenn sie Leute ahnen.
An manchen Ecken stottern starke Straßenbahnen,
Und sanfte Autodroschken fallen zu den Sternen.

Um harte Häuser humpeln Huren hin und wieder,
Die melancholisch ihren reifen Hintern schwingen.
Viel Himmel liegt zertrümmert auf den herben Dingen …
Wehleidge Kater schreien schmerzhaft helle Lieder.

Paul Boldt

Die Dirne

Die Zähne standen unbeteiligt, kühl
Gleich Fischen an den heißen Sommertagen.
Sie hatte sie in sein Gesicht geschlagen
Und trank es – trank – entschlossen dies Gefühl

In sich zu halten, denn sie ward ein wenig
Wie früher Mädchen und erlitt Verführung;
Er aber spürte bloß Berührung,
Den Mund wie einen Muskel, mager, sehnig.

Und sollte glauben an ihr Offenbaren,
Und sah, wie sie dann dastand – spiegelnackt –
Das Falsche, das Frisierte an den Haaren;

Und unwillig auf ihren schlechten Akt
Schlug er das Licht aus, legte sich zu ihr,
Mischend im Blut Entsetzen mit der Gier.

Nacht

Verworrenes Café, farbig Gewitter!
Musik und Dirnen, und die Pauke tollt!
Die Whisky's! Diese Angostura bitter,
Die man schon trinkt, bevor man sie gewollt –

Und deine Augen, bläulich, süß und bebend
In deines schmalen Körpers Eleganz,
Nun starr und fremd und nun schon wieder lebend
Zu deines Lächelns halbverwehtem Tanz!

In dieser sehnsuchtsvoll verlorenen Nacht
Gibt auf die Ordnung des Betriebes acht
Im Hintergrund, seriös, Direktor Keller.

O Thymian, dein welkend buntes Blut
Bewegt mein Herz, schon stürzt es banger, schneller,
Und lieben werde ich dich, coûte que coûte!

Mynona

Der Edelmann geht rüstig ins Bordell.
Er sieht, bedächtig, sich die Mädchen an;
Endlich fängt er's mit einem Hedchen an,
Sie hat ein gar so weiß und blondes Fell.

Die Nacht ist kurz, auf einmal wird es hell;
Er geht hinaus, sieht sich das Städtchen an,
's fliegt ihn Altweibersommerfädchen an,
Grad an die Nase, und er niest blitzschnell.

Ein Käthner hört's, wünscht höflich ihm „Gesundheit!"
Doch er: „Sie unverschämter dummer Bengel!" –
Der Käthner nimmt die Axt und trifft – wohin,

Das ist genierlich –: er zermatscht in Wundheit
Justment dasselbe Glied, das jenen Engel
So sehr erfreute. – Oh, welch tiefer Sinn!

Schöne homosexuelle Männer kullern aus den Betten

Aufknüpfen Knaben
Schneerot Brautkuss
Behrens

zart küssende Männinen
o im Auto
Goering

REINHARD GOERING

Stockholm

Grand Hotel Slot
Vier Dachdecker shot.
Sybille tanzt
Glitzerwasser fließen quick
Nacht Nacht
I love you.
Hör mal wie sie da singen diese Schweden.
O das große große slot.
Nochmal acht Buchbinder shot.
Sven erscheint.
Ja
schön ist Stockholm
schöne Zahnärzte
zart küssende Männinen
o im Auto
Auf den Turm vom stadthuset
Hechtsprung in Mälern
vornehmes Leichenbegräbnis über die …
Nein, Anruf einer Prinzessin vom slot
verdammte Störung
the great lover shot.

Trüber Abend

Der Himmel ist verheult und melancholisch.
Nur fern, wo seine faulen Dünste platzen,
Gießt grüner Schein herab. Ganz diabolisch
Gedunsen sind die Häuser, graue Fratzen.

Vergilbte Lichter fangen an zu glänzen.
Mit Frau und Kindern döst ein feister Vater.
Bemalte Weiber üben sich in Tänzen.
Verzerrte Mimen schreiten zum Theater.

Spaßmacher kreischen, böse Menschenkenner:
Der Tag ist tot ... Und übrig bleibt ein Name!
In Mädchenaugen schimmern kräftge Männer.
Zu der Geliebten sehnt sich eine Dame.

HEINRICH NOWAK

Damenringkampf

Die Eine ist recht üppig; lächelt froh
Im Vollbewußtsein ihrer Kampfeslüste;
Zwei runde Kreise zeichnen ins Trikot
Die Warzen ihrer kolossalen Brüste.

Die Andere ist schlank, und hart und fest
Ist jeder Muskel, den sie spielen läßt.
Das Hirnchen hinter blondem Haaresknoten
Ist sicher vollgepfropft mit süßen Zoten.

Wie sie sich fernher mit den Augen messen
Schweigt die Musik – und sie umfassen sich –
Und wie sie Schenkel fest auf Schenkel pressen,

Wälzt auf der Schlanken schwer die Dicke sich
Und bohrt den Kopf in deren Psychebrust.
Aus aller Augen rinnt die wüste Lust –

FRANZ RICHARD BEHRENS

Die Sünde wider den Geist

Aufknüpfen Knaben
Schneerot Brautkuss
Trau
Blutdu
Gier greift
Greifdu
Purpursprühe
Hirn schüttelt schenk
Weine
Schlotert
Flitzebogen

Prophezeiung

Einmal kommt – ich habe Zeichen –
Sterbesturm aus fernem Norden.
Überall stinkt es nach Leichen.
Es beginnt das große Morden.

Finster wird der Himmelsklumpen,
Sturmtod hebt die Klauentatzen:
Nieder stürzen alle Lumpen,
Mimen bersten. Mädchen platzen.

Polternd fallen Pferdeställe.
Keine Fliege kann sich retten.
Schöne homosexuelle
Männer kullern aus den Betten.

Rissig werden Häuserwände.
Fische faulen in dem Flusse.
Alles nimmt sein ekles Ende.
Krächzend kippen Omnibusse.

Hans Leybold

Lied der Auchrevolutionäre

Es tut sich was. Wir wiehern freudig Halleluja …
schon bleibt es in der Kehle stecken, wie ein Kloß.
Wir bissen uns die Hände, schmerzensgeil, Verdammte
Ruh! Ja:
Blut steigt in die Augen rot. Blutflammen riesengroß.

Die Mädchen, so sich bitter kränkten (weil wir sie ließen),
beginnen zu verstehen; und sind jetzt gerne, wenn auch
weinend, Opfer.
Wir geben unsern ganzen Haß an sie, die wir mit Füßen
stießen,
und schlagen ihnen Striemen mit dem Teppichklopfer.

Der Schmock sagt achselzuckend: ‚Dies wundert mich
mitnichten.
Es sind Sadisten'. Und ahnt nichts von Verhinderung.
Wir aber prügeln weiter und lassen sie allein mit ihren
Glorialichten.
Wir bringen uns, wenn auch nicht ihnen, Linderung.

O blühte doch Entbindung endlich unserm Sexuellen!
Und könnten wir zu Schanden schmeißen, was uns plagt.
Nun trinken wir allnächtlich unsre fünfundzwanzig
kleinen Hellen
Und warten so, versoffen stierend, bis es mählich tagt.

Ernst Wilhelm Lotz

Und schöne Raubtierflecken …

Bist du es denn?
Groß aus dem Weltraum nachts, der Spiegel ist,
Tönt dein zerwehtes Bildnis in meine Seele.
Die Sterne durchziehen harfend deine Brust.
Du aber …

Du glänzt vielleicht versehnt im weißen Federbett,
Traum liegt dir hart im Schoß. –

Oder ein junger Liebling
Zieht fühlsam mit zeichnendem Finger
Die festen Runden deiner Brüste nach.
Ihr seid sehr heiß.
Und schöne Raubtierflecken zieren eure Rücken.

Hans Flesch von Brunningen

Die Jungfrau

Ohne Hände,
Ohne Herzen steig ich nieder.
Krank sind meine Augenlider
Und mich drückt der Sitte Mieder.
Mach ein Ende.

Daß mich fände
Doch der Freund, der mich einst suchte,
Den ich höhnisch dann verfluchte,
Und mich schände.

ALFRED LICHTENSTEIN

Der Türke

Ein ganz und gar perverser Türke kaufte sich
Aus Trauer über den erst jüngst erfolgten Tod
Der fetten Fatme, seines Lieblingsweibes,
Bei seinem Mädchenhändler zwei noch ziemlich gut
  erhaltne –
Man kann fast sagen: beinah nagelneue –
Und eben frisch aus Frankreich importierte,
Ehemalige Mannequins.
Als er sie hatte, sang er, sich zur Feier:
  Setzt euch doch auf meine Schenkel.
  Fasset mich um meine Lenden.
  Streichelt mit den süßen Zungen
  Mir die weinerlichen Wangen.
  Ach, ihr habt so schön geschmückte
  Augen und so helle Hände,
  Müdeste von meinen Frauen,
  Und so lange, laue Beine.
  Morgen kauf ich sechs Paar neue
  Strümpfe euch aus dünnster Seide
  Und dazu ganz kleine schwarze
  Sammetschuhchen.
  Und am Abend sollt ihr tanzen
  Ganz verlogne, weiche Tänze
  In den kleinen Sammetschuhchen
  Und den neuen seidnen Strümpfen.
  In dem Garten. Vor der Sonne.
  Dicht am Wasser.
  Doch zur Nacht laß ich euch peitschen
  Von vier lächelnden Eunuchen.

Ballett

Neger schlenkern aufrecht mit den Beinen,
Auf dem Rumpfe gelbliche Trikots.
Und dazwischen tanzen unsere frechen kleinen
Weiber blond und nackend ganz famos
Angezogen:
Nur mit goldenen Stöckelschuhn,
Mit denen sie die fauchenden Athleten
Behende in die dicken Nasen treten.

Georg Kulka

Umhalsen

Um die sich ründende Ecke weht gehäufte Asche mit Verjährung um die Wette. Doch ein Abend steht – ein Blumenboden – dunkel unter dem Wasser der Zeit: und du kannst kaum hinunter sehn, vor Sehnsucht. Die schönste Frau schlug mit schwarzen Fackeln in mich ein.

Ich streute lebendige Funken in ihr Haar.

Die mein Herz kannte ist fort gegangen.

FRANZ RICHARD BEHRENS

Pfirsich atmen deine Achseln

Südlicher Wind streicht über Teefelder
Süsser Geruch gesichelten Heus
Tanz
Gerte
Fichtenholz
Glänzen
Spätrot
Ich
Will

Sogar mit halb verfaultem „Mast“

Immer
Verfallen
Verfaulen
Behrens

Wer liebt, wird krank
Hadwiger

HANS FLESCH VON BRUNNINGEN

Übernächtigkeit

Was ist mit mir? Die Hand geht nicht mehr mit.
Der Mund hängt blöd herab und lächelt rot.
Im Magen trage ich ein Kind, das tot.
Ich weiß nicht, was mit meiner Haut geschieht.

Gedanken sind aus dem Scharnier gesprungen
und hängen nun verirrt im leeren Raum.
Auch ist mir Wort nur krumm und alle Zungen
Verbergen sich und sind voll üblem Schaum.

Ein Hund, der mir entgegenläuft, ist groß,
Und Kirchen beugen über mich sich nieder.
Ein jedes Weib zeigt ihren nackten Schoß.
Ich stürze ein. Man sammle meine Glieder.

Friedrich Wilhelm Wagner

Die Stunden rinnen – fader Regen,
darin erloschen alle Gluten.
Wenn wir uns zueinander legen –
Wir fürchten nicht, daß wir verbluten.

War nicht dein Haar einst schwarze Flamme,
Dein Mund ein blutend rotes Tor –
Auf deiner Brüste rosenem Kamme
War ich verirrt, ach ich verlor

Mich ganz in deinen dunklen Buchten,
In deines Leibes wildem Land –
Nun liegen wir gleich den Verruchten
An einem kalten öden Strand.

Jakob van Hoddis

Der Humorist

Ein alter Mann in einem neuen Fracke
Plärrt jetzt seine Liebesabenteuer.
Und besonders nach gewissen neuern
Abenteuern,
Spricht er, gleiche er dem Wracke,
Das auf Wellen wackle ohne Rast,
Der Winds-„Braut“ preisgegeben ohne Steuer,
Sogar mit halb verfaultem „Mast“.

Heinrich Nowak

Der Verseuchte

Die Liebe denkt sich an ihm satt zu fressen
Und ihren geilen Bauch an ihm zu mästen,
Den edlen Saft nach tausend wüsten Festen
Aus seinem dürren Leib herauszupressen.

Aus seinem Körper rinnt als grüner Eiter
Ein Dirnenlachen und ein wildes Glück.
Das Leben aber schreitet an ihm weiter
Und läßt ihn einsam in der Nacht zurück.

Franz Richard Behrens

Verlangen

Süchter
Tannenzapfen
Immer
Folgen foltern
Süchter
Strohdecke
Immer
Strumpfband
Süchter
Liebhaber
Immer
Kröte krümmt
Süchter
Leichenzug
Immer
Verfallen
Verfaulen
Süchter
Windstille
Immer
Zuvor

Friedrich Wilhelm Wagner

Am Morgen war unsre Liebe durchströmt von Lachen.
Nun ist es Abend –
Nun fließt sie über von Traurigkeit.

Wir beten den Mond an.
Unsre Gewänder
Umketten und erdrücken uns.

Wir streicheln uns mit müden Händen.
Wir gleiten
Aneinander ab.

Victor Hadwiger

Bal Bullier

Es staut sich das Blut, es schwellen die Venen,
man muß sich an den Tanz gewöhnen,
französisch tanzen tagein, tagaus,
mir geht der deutsche Atem aus.
Die Deutschen tanzen sich nicht krank,
die setzen sich auf die Gardebank;
hier wird nur frei getanzt, geliebt,
hier, wo es keine Garde giebt.
Wer liebt, wird krank, wer liebt, der irrt,
wer liebt, der wird degeneriert,
wer liebt, der züchtet keine Erben
und muß an seiner Liebe sterben.
Das ist die Weisheit, das ist sie ganz,
das ist der Ernüchterungsheringsschwanz!
Wenn mich die kleinen Schufte nicht,
der Tugend Prügelknaben,
wenn mich die kleinen Schufte nicht
ermartern und verderben,
komm ich gewiß,
dann komm ich wieder nach Paris
tanzen und sterben.

Ball

Ball. Hurenkreuzzug. Syphilisquadrille.
Eiert die Hirne ab, die Sackluden!
Mit diesen meinen Zähnen: zerrissen, zerbissen
Hundebregen, Männer-, Groß- und Kleinhirne:
selbst ihre Syntax klappert nach der Scheide.

Mich bauern Dorfglücke an: Kausaltriebe,
Ölzweige, stetige Koordinaten –:
Heran zu mir, ihr Heerschar der Verfluchten,
schakalt mir nach den eingegrabenen Samen:
Entlockung! Schleuderhonig! Keimverderb!

Ihr Stallverrecken, Misthaufen-Augenbruch,
verweste Blasen, Veilchenfrau-Verhungern,
ihr brandiges Geblüte – Kanalfischer,
heringsfängert ans Land
die Hodenquallen!

Finale! Huren! Grünspan der Gestirne!
Verkäst die Herrn! Speit Beulen in die Knochen!
Rast, salometert bleiche Täuferstirnen!

Jäh dein Haupt von Halses Rand

Dann werf ich meine Sündensiebensachen
In letzter Laune in den Tod

Hadwiger

Du lachst so müde
Als lüde
Der Tod

Mynona

GOTTFRIED BENN

Negerbraut

Dann lag auf Kissen dunklen Bluts gebettet
der blonde Nacken einer weißen Frau.
Die Sonne wütete in ihrem Haar
und leckte ihr die hellen Schenkel lang
und kniete um die bräunlicheren Brüste,
noch unentstellt durch Laster und Geburt.
Ein Nigger neben ihr: durch Pferdehufschlag
Augen und Stirn zerfetzt. Der bohrte
zwei Zehen seines schmutzigen linken Fußes
ins Innere ihres kleinen weißen Ohrs.
Sie aber lag und schlief wie eine Braut:
am Saume ihres Glücks der ersten Liebe
und wie vorm Aufbruch vieler Himmelfahrten
des jungen warmen Blutes.
Bis man ihr
das Messer in die weiße Kehle senkte
und einen Purpurschurz aus totem Blut
ihr um die Hüften warf.

Mynona

In einem Märchenland thront ein Mandrill,
Begabt mit hundertvierundsechzig Frauen;
Sie naschen, weinen, lachen und miauen,
Wie's ihr Gebieter grade haben will.

In einer Nacht (es war besonders still)
Sucht er die eine langsam zu zerkauen,
Die Andern sehn's mit namenlosem Grauen;
Der Vollmond leuchtete; Anfang April.

Sie schmeckte ihm, er aß sogar die Knochen,
Und seelenruhig schlief er länglang ein;
Man hörte die Geräusche der Verdauung.

Doch als er aufwacht, war er ganz gebrochen,
Vermißt die Schöne, voller Liebespein –
Man schritt sogleich zu einer neuen Trauung.

Die Liebesfrau

– Nackt. Ich bin es nicht gewohnt.
Du wirst so groß und so weiß,
Geliebte. Glitzernd wie Mond,
Wie der Mond im Mai.

Du bist zweibrüstig,
Behaart und muskelblank.
So hüftenrüstig
Und tänzerinnenschwank.

Gib dich her! Draußen fallen
Die Regen. Die Fenster sind leer,
Verbergen uns … – allen, allen! –
Wieviel wiegt dein Haar? Es ist sehr schwer.

– Wo sind deine Küsse? Meine Kehle ist gegallt,
Küsse du mich mit deinen Lippen!
– Frierst du? – – – Du bist so kalt
Und tot in deinen hellen Rippen.
– –

Begraben

Dann werden tausend tiefe Nächte tauen,
Mit ihrem nassen Schauer mich befühlen,
Und tausend freche, frevelhafte Frauen
Mit großen Augen meinen Leib zerwühlen.
Dann wird ein Feiern sein, ein breites, lautes Lachen,
Bis hart ans Morgenrot.
Dann werf ich meine Sündensiebensachen
In letzter Laune in den Tod.
Bin unter einer Weide wo begraben;
Die Kinder aus dem nächsten Markte haben
Dort ihren Tummelplatz, die Kinder und die Raben.
Und geht's ans Grünen dann, und geht's ans Reifen,
Dann schneiden sich die Jungen kleine Rindenpfeifen.
Ein blasser Blonder hat mich um den Schlaf betrogen,
Er pfiff sein Weinen in die weite Heide – – –
Die Raben kreischen auf im Bogen,
Und einsam schleicht der Abend um die Weide.

LUDWIG RUBINER
FRIEDRICH EISENLOHR
LIVINGSTONE HAHN

Die Texasbahn

Auf Mitteltexas dämmert letzte Helle.
Fred, der die Bahnzeit nach den Sternen schätzt,
Entfernt die Schrauben aus der Schienenschwelle.
Schon kommt erdonnernd roter Schein gehetzt.

Der Zug, der in die losen Schienen fetzt,
Springt hoch wie die getroffene Gazelle.
Fred trägt aus Leichenhaufen unverletzt
Miß Madderson. An einer nahen Quelle

Schlummert sie sorglos wie ein kleines Kind.
Blaß liegt der Mond. Der Kürbisklopfer flötet,
Bis daß der Tag durch die Agaven rinnt.

Und sie wacht auf und nestelt an den Haaren:
„Hast du auch meinen Vater gut getötet? –
Dann laß uns, bitte, nach Venedig fahren!"

HANS FLESCH VON BRUNNINGEN

Die Büchse der Pandora

Mein Stolz ging flöten,
Ich Schatz ist ein Reiter –
Ich werde sie töten
Und so weiter –

Geliebte, du hast mich nur anschauen brauchen,
Geliebte, es kostete den Bruchteil einer Bewegung –
Jetzt werde ich mein Pfeifchen schmauchen,
Da ja das Weib ohne Regung.

Ich werde dich vielleicht auch strangulieren,
Dein Hals wird bläulich-rot,
Die Welt wird in dir eine Gräfin verlieren
Und es weint der Tod:
„Ave Maria – erbarm dich mein!“

Das Sittlichkeitsdelikt

Die Sonne stach. Er wankte durch die Wälle
Und sehnte sich nach Allem, was er sah.
Vor seinen Augen stiegen bunte Bälle,
Und plötzlich waren weiße Wolken da.

Und in dem Weiß begann ein Kind zu leuchten
Und schmale Beine tanzten hoch und hell,
Und Duft fiel wie von Fingern, die sich feuchten,
Und Nacktes wirbelte ein Karussell.

Dann war es, daß die Hände streicheln mußten,
Und daß das Kind bösartig häßlich schrie,
Und daß er es mit schmerzhaft unbewußten
Gebärden schlug und ihm ins Antlitz spie.

Und daß er Blut an seinem Kleid erkannte
Und fühlte, wie er jedes Ding verlor,
Und wie verraten durch die Felder rannte,
Und Hunde heulten hinter jedem Tor.

Unfall

Eingefahren ist mein Kopf. Es fallen
Die vier Winde selbst erschreckt hinein,
Daß die Schädelplatten berstend schrein
Und die Knochennähte platzend knallen.

In die Augen – Ohren – Nasenluken
Wellt kein Strahl von Licht und Schall und Duft,
Um mich wirbelt ringsherum die Luft
Geister, die jetzt heimentlassen spuken.

Herbstlich blättern abwärts meine Häute,
Schälen bloß das magere Gestell
Zum Entsetzen der erschreckten Bräute.

Pietätvoll hebt sich Marion ein Stück Fell,
Lo gesteht, daß sie mich immer scheute,
Sybil tritt mich und ich klapper hell.

Victor Hadwiger

Pfeiferglück

Die Sonne schmiegt sich schmeichelnd an die Gräser,
Und alle staunen an dein Meisterstück.
Wer deine Liebe hätte, blonder Bläser,
Dein Pfeiferglück!

Mit deinen Augen will ich in den Himmel schau'n,
Mit deiner Sehnsucht suche ich die Frau'n.
Ich lasse meine wilden Verse krönen
Und runde mir den Tag mit meinen Tönen. –

Die Ebbe trägt mein Leid ins Meer zurück. –
Doch morgen kommst du wieder, junge Glut,
Im Sterbefeierklang der Flut,
Mein Pfeiferglück!

Wilhelm Klemm

Groteske

Das Essen wurde zuletzt so miserabel
Daß meine Eingeweide mir davonkrochen.
Die Luft roch wie der Atem eines Schellfisches,
Meine verpesteten Lungen drehten sich um ihre Stiele.

Unterdessen trieb meine sogenannte Umgebung
Mit verdoppeltem Eifer ihren Mumpitz weiter.
Da erhob ich mich hastig von meinem Platze,
Daß mein halbes Gesäß dran kleben blieb, was tut's?

Einer von den Herren kam mir nachgestürzt
Mit vorwurfsvollen Augen: Es handle sich doch um das Dasein,
Und die Damen warteten doch und ob ich nicht bleiben wolle?
Ich schüttelte so heftig mit dem Kopf, daß er abfiel.

Ludwig Rubiner
Friedrich Eisenlohr
Livingstone Hahn

Der weiße Tod

Der müde Prinz warnt vor dem Gletscherspalt.
Der Milliardär verdaut die Table d'hôte.
Der Konsul spricht vom Unterwasserboot.
Der Opernstar, am Flügel, nachtigallt.

Freds Finger sind am Halse von Miß Maud.
Er scherzt dabei; sie lacht in weichem Alt.
Schon ist das Perlenband in Freds Gewalt,
Da dröhnt Lawinensturz: der weiße Tod!

Die Eingeschloßnen brechen in die Knie.
Freds kühle Ruhe mildert das Entsetzen,
Er unterhält sie durch Salon-Magie.

Fred, mit Lyddit, sprengt gleich den Schnee zu Fetzen.
Von Maud umarmt verläßt er Chamonix.
(Im Wien wird Aronsohn die Perlen schätzen.)

FRIEDRICH WILHELM WAGNER

Abend

Der Tag verklang
In einem rosenen Ton.
Das Wasser sang
Sich müde. Es dämmert schon.

Im tiefen Park erwacht
Leis ein Grauen.
Fröstelnd vor der Nacht
Stehn steinerne Frauen.

Mynona

Blechern kichert hohe Glocke,
Weilen ich das Mädchen locke,
Kühler weht der Sterbewind –
Was ein Leichnam, blonde Locke
Floß vom Scheitel, blut'ge Flocke
Wie sie Totgeliebten sind.

Totgeliebte! Süß zu freuen
Scheint ihr euch, erlechzt vom Leuen –
Wer wird so geliebt wie ihr?
Nicht der Mittag, nicht die Laute,
Nichts, was Lebens ich erschaute,
Wird geliebt mit solcher Gier.

Das Geliebte zu zerreißen
Und zu trinken mit zuckendem heißen
Munde aller Welt goldensten Trank –
Totgeliebte! Blut'ger Lüste
Zarte Beute, Totgeküßte,
Kinder, Dirnen, habet Dank!

Mädchen, deiner Brüste Schwellen,
Lenden Dehnen, Glieder Schnellen,
Deiner Kosewange Samt –
Tasten, Seufzen, Stöhnen, Beben,
Zerren, sehnend Widerstreben
Einen heil'gen Atem lang.

Blechern höhlt mir hohe Glocke
Das Gehör, ich zög're, stocke –
Plötzlich schneidet meine Hand
Kalt von deinem Haupt die Locken
Und voll blutiger Schaumflocken
Jäh dein Haupt von Halses Rand.

Paul Mayer

Sigismondo Malatesta

Dem Grafen von Borbona schon vermählt
Weist sie ihn ab. Da tobt der Condottiere:
„Du bist mein Eigentum, weil ich's begehre."
Wie er's erwarb, hat der Chronist erzählt.

Als sie, umschlossen von der Wachen Wehre,
Vom Beichtgang heimritt, so ihr Herz gestählt,
Da lauerte an einer Straßenkehre
Der ihren Leib zur Hostie gewählt.

Er zerrte sie vom Roß. Sie biß sich fest
In seinen Arm, bis Blut die Haut befleckte,
Und er vor Schmerzen toll sie niederstreckte.

Die nackte Leiche hielt er dann umpreßt
Und tat mit ihr, wozu ihn Lust entfachte.
Das Volk schrie auf. Der Malatesta lachte.

Victor Hadwiger

Bergreise

Horch, wie ich komme, wildes Wunderweib,
Astarte meiner Berge! Klirre, Sporenklang!
Verschwinde, Schleier! Bete, Leib!
Ich reite eisern in den Untergang.
Thronstufenauf, thronstufenab!
Wer war nicht Gottes Gegenpart,
wer rief nicht Geister aus dem Grab,
ließ Berge wandeln, fröhnte seiner Art?
In kalten Klüften schriller Sporenklang,
wie zögernd meiner Pulse Schlag,
zum Abend weitet sich der Tag. –
Ich reite eisern in den Untergang.

Hermann Plagge

An ein Mädchen

In diesen Tagen geht die Sehnsucht schwer – –
Ich spüre träumend deine schweren Flechten
In meinen Händen, und in Maiennächten
Kommt Wind wie Atem deines Mundes her.

Mein Mund … dein Mund – suchend wie Wind auf Meer.
Wie nahm ich Dich – o dieser bösen, schlechten
Begierden, die mich immer knechten.
Ich bin dein Kind. Ich kränk dich niemals mehr.

O diese Wirrnis – lichte Sonnengabe,
Du wirst vielleicht dich einem andern schenken,
Indes mein Leib zerfällt im Massengrabe.

Morgen wird Sturm sein – die Haubitzen warten
Und stehen drohend, Tod in den Gelenken –
Um unsre Liebe gehn des Schicksals Karten.

FERDINAND HARDEKOPF

Spleen

Ein Bündel Mond erreichte mein Gesicht
Um 3 Uhr nachts, ein Quantum Butterlicht,
Und mahnte (3 Uhr 2): ‚Ein Spuk-Gedicht,
Nervös-geziert, ist Literatenpflicht!‘

Die Kammer dehnte sich verbrecher-hell.
Der Mond, ein Dotterball, schien kriminell.
Da stieg die Dame Angst(-Berlin) reell
Auf ihr imaginäres Karussell.

Ein Schneiderkleid umpreßte mit Radau
Die Dame Angst: die Gift- und Gnadenfrau.
Doch das Zitronen-Ei (um 3 Uhr 5 genau)
Versank in Bar-Feauteuils aus Dämmerblau. –
Nachhüstelnd, matt-dosiert: ‚Macabre-Bar!
Ihr lila Blicke! Schweflig Tulpenhaar!
Aus Puderkrusten Tollkirsch-Kommentar!
Ein Gruß: du noctambules Seminar!‘
… So. 3 Uhr 10. Wie süß verwirrt ich war!

Paul Boldt

Amor und Mors

Die Liebenden am Abend in Berlin!
Wir liebten junge Mädchen nach Gewicht!
Elf Dutzend Pfund! Sie radebrechten: „Nicht“,
Umarmten uns und stießen mit den Knien!

Unser Geschlecht berauscht die Jungfraun! Schrien
Nicht alle gleich? – Ach, dieser Lärmkehricht
Deflorationen ist erinnerungschlicht
Verschollen wie Quartaneronanien. –

Wir mästen unser Lachen. In den Städten,
Des Todes sehr rentablen Fleischerein,
Arbeiten Dirnen, Ärzte; die entgräten

Die Luesleichen für den Schlund des Grabes,
Tod, stellst du keinen Liebesdichter ein?
Wir machen Propaganda für die Tabes.

Mynona

Durch blaue Schleier
Lauscht deine bleiche Haut,
Mir graut,
Es klingt eine Leyer,
Eine Leyer klingt,
Du lachst so müde
Als lüde
Der Tod. Es winkt
Deine arme Hand
Ihm Zeichen,
Da schleichen
Schatten an der Wand,
Schatten,
So grau, so gähnend,
So wähnend,
Als seien wir Gatten.

GOTTFRIED BENN

Kreislauf

Der einsame Backzahn einer Dirne,
die unbekannt verstorben war,
trug eine Goldplombe.
Die übrigen waren wie auf stille Verabredung
ausgegangen.
Den schlug der Leichendiener sich heraus,
versetzte ihn und ging für tanzen.
Denn, sagte er,
nur Erde solle zur Erde werden.

Saust dir ein Embryo heut saalwärts aus dem Bauch

Nirgendswo lassen sich die Mädchen
so willig anbrüten

Meyer

Wirft sie den Embryo ins Ofenfeuer

Mynona

MYNONA

Der dicke Bürger weint gern in der Nacht,
Wenn die Matratze ihm ironisch knarrt,
Und ihm die Jungfer in die Ohren quarrt,
Er habe ihr gewiß ein Kind gemacht.

Besoffen, steigt er wütend raus und lacht
Voll Hohn, dieweil der Nachttopf bullernd schnarrt:
Ich bin kein Dutzendjunge, bin apart
Und habe mich mit dir nicht abmaracht,

Damit du Alimente quasselnd schindest,
Mich (simulierend) scheußlich an dich knüpfst.
Ich bin ein Mann voll jener Majestät,

Der du gelegentlich die Hosen lüpfst
Und, wenn der Unterleib ihm aufgebläht,
Ihn an dich nimmst, daß Wollust du empfindest.

Alfred Richard Meyer

Forsthaus Schmargendorf

Dich, süße Sau, nenn ich die Pest von Schmargendorf.
Du onestepst mit Klabund, mit Palmström und von Korf.
Ich bin sehr geil nach deines Wimmerls harschem Schorf.
Saust dir ein Embryo heut saalwärts aus dem Bauch,
weiß ich, daß mitgearbeitet dran ego auch.
Gut Schlauch!

Hans Flesch von Brunningen

Geburtsschmerzen

Ein Bauch ist mir geboren,
Ein milchiger, weißer Bauch.
Er wächst mir bis zu den Ohren
Und läßt auch Rauch.

Im Bauche trag ich tiefe
Ein wächsenes Kindelein.
Wer nur bei sich selber schliefe!
Ich bin so klein.

MYNONA

Oh Jungfrau, hast du einen lieben Schatz
Und ruhst mit ihm (vorm Fenster 'n Apfelbaum)
Und wirst gestört im Liebesmorgentraum
Durch einen ahnungslosen frechen Spatz –

Steig aus dem Bett nicht gleich in wilder Hatz!
Bedenk es wohl! Dein Traum ist sonst nur Schaum.
Halt deinen Ärger doch nur ja im Zaum,
Verweil geduldig noch auf der Matratz'!

Denn sieh einmal: Der Spatz hat etwa Kinder,
Die Kinder zwitschern; das bedeutet Pudding,
Sie wolln ihr Frühstück. – Aber im reseda-

Farbenen Hemd, schau, neben dir (wie'n Inder)
Liegt süß dein Schatz. Und macht er dich zum Mutting,
Dann weckt das Schicksal dich mit ärgrem „heda!"

ALFRED RICHARD MEYER

Spreewald

Das kleinste Dorf ist eine Ammenfabrik für Berlin.
Nirgendswo lassen sich die Mädchen so willig anbrüten
und verstehn es, daraus sich güldene Däuser zu ziehn.
Ihren Fleiß und ihr Fleisch mög der Himmel behüten!

MYNONA

Ein Nönnlein promenierte auf dem Anger,
Im Hain ertönt das Lied der Philomele;
Ein Jüngling naht: daß er vor Liebe schwele,
Schwört er – und wirft sie hin. Mit brennend banger

Empfindung eilt sie heim. – Sie wurde schwanger.
Der Erzbischof zerknirscht ihr Leib und Seele,
Läßt büßen sie für die verruchte Fehle
Vor allem Volke öffentlich am Pranger;

Der Pöbel gerbt ihr noch das zarte Leder.
Was Wunder, daß nach äuß- und innren Fehden
Ausblieb der präsumtive Kindersegen!

Sie pilgert ostwärts. Unter einer Zeder
Verhauchte sie und fand den Weg nach Eden!
Ihr Liebster (Zeile 3) war dort zugegen.

Alfred Lichtenstein

Komisches Lied

An Felix Dörmann

Ich hasse die farblose Feinheit
Erklügelter Nervenkultur.
Ich liebe die bunte Gemeinheit
der schamlosen, nackten Natur.

Ich liebe die wulstigen Falten
Um Augen mit brandrotem Rand
Ich liebe die feisten Gestalten
Der Dirnen in geilgrellem Tand.

Ich liebe die buckligen Schreiber,
Die schielend zum Erdboden sehn.
Ich liebe die kugligen Leiber
Der Schwangeren in ihren Wehn.

Ich liebe die Burschen mit wirrem
versoffnen, vertierten Gesicht,
Wenn heiser sie johlen bei irrem
Oft schon sich verlierenden Licht.

Ich liebe die dicken Athleten
Mit bulldoggenstarkem Popo.
Ich liebe, die fluchen, nicht beten
Und bin vielleicht selbst etwas roh.

Ich liebe die gräßliche Sünde
So sehr wie das schuldlose Kind,
Weil wir ja doch alle nur blinde
Unselige Blödlinge sind.

Mynona

Die Magd ersehnt des Bräut'gams Wiederkunft,
Doch der bleibt aus. Ihr Leib wird rund und runder.
Wehleidig (angetan mit morschem Plunder)
Entgegen sieht sie ihrer Niederkunft.

Fürchtend die elende Klatschweiberzunft,
Geht sie zur Kirche (fast erlischt der Zunder
Der Lebenslamp'); sie bittet um ein Wunder.
Doch nichts geschieht. Beraubt ihrer Vernunft,

Wirft sie den Embryo ins Ofenfeuer
Und fühlt sich Kindesmörderin (obgleich
Er totgeboren ward; schon etwas aasig) –

Juch! kommt der Bursch retour vom Abenteuer,
Will küssen sie: – doch einen Backenstreich
Klatscht hin sie ihm (gleich wird die Stelle blasig).

Nachtrag

Und.
Erwartung.
Kraß. Selber. Übermut. Schoß.
16. Gemischt. Auftreibung. Alles.
Brodeln. All.
Mannigfaltig. Aufspeichern.
Ausnahme. Fraglos. Zusammenschnurren.
Stil. Völlig. Platzen.
Behauptung. Rhythmisch. Gischten.
Ende. Giltig. Wiederkehr.
Entgegentreten. Grauen.
Notdurft. Beisammen. Abtropfen.
Mann. Inständig. Ersiegen.
Männin. Wirklicher.
Aufgebürdet. Zweieinheit.
Künftig. Wimmern. Bewährung. Herzwärts.
Haftbar. Du. Du.
Nahgefühl. Braun. Richtung. Blau.
Schmerzenreich. Aufdunsten.
Und.

Autorenregister & Quellen

BALL, HUGO (1886-1927)
Cabaret, Gesammelte Gedichte, Verlag Die Arche, Zürich 1963, S. 23; *Frühlingstänzerin*, Aktion 1913, Sp. 646; *Cimio*, Aktion 1914, Sp. 593

BAUER, PETER (1885-1952)
Frühling, Aktion 1915, Sp. 182

BÄUMER, LUDWIG (1888-1928)
Maharone, *Im Varieté*, Aktion 1914, Sp. 3

BEHRENS, FRANZ RICHARD (1895-1977)
alle Texte aus: Blutblüte. Die gesammelten Gedichte. Werkausgabe Bd. 1, Frühe Texte der Moderne, München 1979 – © Frühe Texte der Moderne, München

BENN, GOTTFRIED (1886-1956)
alle Texte aus: Sämtliche Gedichte, Klett-Cotta, Stuttgart 1998 – © Klett-Cotta, Stuttgart

BESSMERTNY, ALEXANDER (1888-1939)
Am Ende, Aktion 1913, Sp. 392; *Unfall*, Aktion 1913, Sp. 825

BIRNBAUM, URIEL (1894-1956)
Lied, Aktion 1915, Sp. 483 f.

BLASS, ERNST (1890-1939)
alle Texte aus: Die Straßen komme ich entlang geweht. Sämtliche Gedichte, Carl Hanser Verlag, München, Wien 1980 – © Edition Memoria, Thomas B. Schumann, Hürth bei Köln

BOLDT, PAUL (1886-1921)
alle Texte aus: Junge Pferde! Junge Pferde! Das Gesamtwerk, Walter Verlag, Olten und Freiburg i. Br. 1979

EHRENSTEIN, ALBERT (1886-1950)
alle Texte aus: Wie bin ich vorgespannt den Kohlenwagen meiner Trauer. Gedichte, edition text + kritik, München 1977 – © Frühe Texte der Moderne, München

EISENLOHR, FRIEDRICH (1889-1954)
Monico, Der Mistral, Die Bücherei Maiandros, IV./V. Buch, 1. Mai 1913, S. 15; *Vorstadt*, Aktion 1913, Sp. 593; *Les Halles*, Aktion 1913, Sp. 650; *Boulevard*, Aktion 1913, Sp. 651; *Gare St. Lazare*, Aktion 1914, Sp. 8

FIRN, EDGAR (d. i. Karl Döhmann; 1892-1982)
alle Texte aus: Bibergeil. Pedantische Liebeslieder, A.R. Meyer, Berlin-Wilmersdorf, 1919

FLESCH VON BRUNNINGEN, HANS (1895-1981)
Am Rande eines Logikbuches steht:, Aktion 1914, Sp. 167; *Die Büchse der Pandora*, Aktion 1914, [256]; *Übernächtigkeit*, Aktion 1914, Sp. 314; *Die Jungfrau*, *Geburtsschmerzen*, Aktion 1914, Sp. 525 – © Dr. Felix Mendelssohn, Wien

FÖRSTE, JOMAR (*Daten nicht zu ermitteln*)
Liebe, Aktion 1914, Sp. 547

GOERING, REINHARD (1887-1936)
Stockholm, Prosa. Dramen. Verse, Langen Müller, München 1961, S. 581 – © Langen Müller in der F.A. Herbig Verlagsbuchhandlung GmbH, München.

HADWIGER, VICTOR (1878-1911)
Bal Bullier, Ballhaus, Berlin-Wilmersdorf [1912]; *Begraben*, Aktion 1914, Sp. 9; *Pfeiferglück*, Literarisches Beiblatt zum Mährisch-Schlesischen Korrespondent vom 24.7.1903; *Bergreise*, Wenn unter uns ein Wandrer ist, Berlin-Wilmersdorf 1912, S. 6

HAHN, LIVINGSTONE (1889-1961)
 Dionysos, Der Mistral. Die Bücherei Maiandros, IV./V.

Buch, 1. Mai 1913, S. 21; *Taku*, Das Beiblatt der Bücherei Maiandros, 1. Febr. 1914, S. 9 f.

HA HU BALEY (Pseudonym für von Hans Leybold (s. d.) und Hugo Ball (s. d.) gemeinsam verfasste Texte)
Der blaue Abend, Aktion 1914, Sp. 535

HARDEKOPF, FERDINAND (1876-1954)
alle Texte aus: Gesammelte Dichtungen, Hg. v. Emmy Moor-Wittenbach, Verlag Die Arche, Zürich 1963 – © Verlags AG Die Arche, Zürich

HASENCLEVER, WALTER (1890-1940)
Tränen am Morgen, Aktion 1915, Sp. 488 – © Edith Hasenclever, Vence

HERRMANN-NEISSE, MAX (1886-1941)
Legende der verzauberten Zellen, *Orgie*, aus: Lied der Einsamkeit. Gedichte von 1914-1941, Langen Müller, München 1961; *Der Mann am Vortragspult denkt:*, aus: Das Beiblatt der Bücherei Maiandros, 1. Febr. 1914, S. 6 f.; *Das Sittlichkeitsdelikt*, aus: Aktion 1913, Sp. 1189 – © Langen Müller in der F.A. Herbig Verlagsbuchhandlung GmbH, München

HODDIS, JAKOB VAN (d. i. Hans Davidsohn, 1887-1942 deportiert)
alle Texte aus: Weltende. Gesammelte Dichtungen, Zürich 1958 – © Erbengemeinschaft Jakob van Hoddis

HOFFMANN, EUGEN FERDINAND (d. i. Karl Theodor Ferdinand Hoffmann, 1885-1971)
An der Grenze, Aktion 1915, Sp. 488 f.

KANEHL, OSKAR (1888-1929)
Gluthitze, Aktion 1913, Sp. 632; *Sauwetter*, Aktion 1913, Sp. 807; *Nachtcafé*, Aktion 1913, Sp. 1021 f.; *Herbstmorgen*, Aktion 1914, Sp. 14; *Tingeltangel*, Aktion 1914, Sp. 385 f.

KERSTEN, HUGO (1892-1919)
Gedicht, Horizont-Hefte (1) 1919, Nr. 5; *Frauen*, *Bordell auf Montmartre*, Das Bordell, Berlin 1920

KLEMM, WILHELM (1881-1968)
Groteske, Aktion 1915, Sp. 373 und: Wilhelm Klemm, Ich lag in fremder Stube. Gesammelte Gedichte. Herausgegeben und mit einem Nachwort versehen von Hanns-Josef Ortheil, Carl Hanser Verlag, München, Wien 1981 – © Carl Hanser Verlag; *Morgendämmerung*, Aktion 1917, 46 f. – © Donata Klemm, Wiesbaden

KLIMKE, ALOIS (*Daten nicht zu ermitteln*)
alle Texte aus: Harakiri. Zeitschrift der Grotesken, Nr. I, Romal-Verlag Berlin, 1920

KULKA, GEORG (1897-1929)
alle Texte aus: Werke, edition text + kritik, München 1987

KÜSTERS, WILLY (1888-1949)
alle Texte aus: Wo hagre Häuser dürr ins Firmament zu ragen sich erfrechen, Edition Isele, Eggingen 1993 – © Edition Isele, Eggingen; mit Ausnahme von *Das Begräbnis*, Aktion 1912, Sp. 725 f.

LASSANG, IWAN (d. i. Iwan Goll, 1891-1950)
Die beiden Schwestern, Aktion 1914, Sp. 526; *Klementine*, Aktion 1916, Sp. 194 f. – © Bibliothèque municipale de St. Dié

LAUTENSACK, HEINRICH (1881-1919)
Porträt, aus Haaren gefertigt, Aktion 1911, Sp. 721

LEONHARD, RUDOLF (1889-1953)
Lied des Abtes von Fontanella in der Dämmerung, Aktion 1912, Sp. 844

LEYBOLD, HANS (1892-1914)
Lied der Auchrevolutionäre, Aktion 1914, Sp. 628 f.; *Tausend Flöten*, Aktion 1914, Sp. 786; *Ich schlafe*, Aktion 1914, Sp. 809

Lichtenstein, Alfred (1889-1914)
alle Texte aus: Gesammelte Gedichte, Verlag Die Arche, Zürich 1962

Lotz, Ernst Wilhelm (1890-1914)
alle Texte aus: Gedichte Prosa Briefe, edition text + kritik, München 1994

Mayer, Paul (1889-1970)
Joseph und Potiphars Weib, *Sigismondo Malatesta*, *Maupassant*, in: Wunden und Wunder, Heidelberg 1913; *Zeilen des Verwandelten*, Aktion 1913, Sp. 430 f.

Meyer, Alfred Richard (Ps. Munkepunke, 1882-1956)
Spreewald, *Die Damen vom türkischen Zelt*, Das Beiblatt der Bücherei Maiandros, 1. Nov. 1913, S. 8 f.; *Marya Delvard*, *Forsthaus Schmargendorf*, Das Beiblatt der Bücherei Maiandros, 1. Febr. 1914, S. 10 f.; *Zwei Liebesgedichte*, Das Beiblatt der Bücherei Maiandros, 1. Mai 1914, S. 12 f.; *Aus meinem Pariser Tagebuch*, Aktion 1911, Sp. 1010; *Lippen*, *Die Nacht*, *Sommer*, *Das Taschentuch*, *Lied zur Laute*, Das Buch Hymen, A.R. Meyer, Berlin-Wilmersdorf 1912 – © Erbengemeinschaft Alfred Richard Meyer

Mynona (d. i. Salomo Friedlaender, 1871-1946)
alle Sonette aus: 100 Bonbons. Sonette, München 1918; alle anderen Gedichte aus: Durch blaue Schleier. Gedichte, A.R. Meyer, Berlin-Wilmersdorf 1908 – © Hartmut Geerken, Herrsching

Nowak, Heinrich (1890-1955)
Damenringkampf, *Mondanité*, *Ein Besoffener geht durch die Nacht*, *‚Ausg'steckt is'*, *Maskenball bei der Marschallin*, *‚Post coitum omne animal triste'*, *Der liebende Knabe*, *Der Verseuchte*, Die tragische Gebärde. Gedichte, Saturn-Verlag, Heidelberg 1913; *For a dancing girl*, Aktion 1914, Sp. 322

Paquita, Paul (d. i. August Ewald, 1887-1924)
Rote Diana, Der Mistral. Die Bücherei Maiandros, IV./V. Buch, 1. Mai 1913, S. 46 f.

Plagge, Hermann (1888-1918)
beide Gedichte freundlicherweise zur Verfügung gestellt von Peter Salomon; publiziert in: Nachrichten aus dem „Akademisch-literarischen Bund“ während des Krieges 1914-1918, Nr. 36 vom 25.11.1918

Rubiner, Ludwig (1882-1920)
alle Texte aus: Ludwig Rubiner/Friedrich Eisenlohr/Livingstone Hahn, Kriminalsonette, Verlag Kurt Wolff, Leipzig 1913

Scholz, Georg (1890-1945)
Réunion, Schall und Rauch, 1. Jg., Heft 5, 1920

Schwitters, Kurt (1887-1948)
alle Texte aus: Anna Blume und ich. Die gesammelten „Anna Blume“-Texte, Hg. von Ernst Schwitters, Verlag Die Arche, Zürich 1965 – © 1965, 1987 Verlags AG Die Arche, Zürich

Wagner, Friedrich Wilhelm (1892-1931)
alle Texte aus: Jungfraun platzen männertoll. Ausgewählte Gedichte, edition text + kritik, München 1989; mit Ausnahme von *Verse*, Aktion 1914, Sp. 859 f.

Worm, Fried-Hardy (1896-1973)
alle Texte aus: Harakiri. eine groteske publication, Nr II, Romal-Verlag, Berlin 1920

Für einige Beiträge waren die Rechteinhaber leider nicht zu ermitteln. Für Hinweise wäre der Verlag dankbar.

Index